dear+ novel
iroakusakkato kouseisyano hatsukoi

色悪作家と校正者の初戀

菅野 彰

新書館ディアプラス文庫

色悪作家と校正者の初戀

contents

illustration：麻々原絵里依

色悪作家と校正者の初戀

いろあくさっかと
こうせいしゃの
はつこい

月の見えない立冬《りっとう》の晩、昨日まで残暑さえ残っていたようだったのに不意に冷え込んだ。

「もう喧嘩はよしましょう」

西荻窪《にしおぎくぼ》南口にある居酒屋「鳥八《とりはち》」のカウンターに、仕事帰りの濃鼠色《こいねずいろ》のスーツで座っている歴史校正者塔野正祐《とうのまさすけ》は、綺麗な青銀色に締められた真鯖《まさば》を腹に納めて箸を置いた。

「なんだ。いきなり」

正祐の左隣では作家の東堂大吾《とうどうだいご》が、白いシャツに黒いカーディガンと適当な服装ながら色悪《いろあく》ぶりを存分に晒《さら》して、早くも新酒が出来上がった天明純米《てんめいじゅんまい》を遣《や》っていた。

「オペラシティで伊集院《いじゅういん》先生と白洲《しらす》先生にお会いして。いえ、正確には失礼ながら拝見してになりますが。反省いたしました」

十月の末に、西荻窪からは一度乗り換える京王新線初台《けいおうしんせんはつだい》駅前のオペラシティで、海外からオーケストラと声楽家たちを招いた「マイ・フェア・レディ」のコンサートがあった。

大吾が時代小説を多く書き、正祐は勤め先の歴史校正会社庚申社《こうしんしゃ》が世話になっている犀星社《さいせいしゃ》が協賛していて、二人だけでなく大勢の出版関係者が招待された。

「現代にあのデカダンス的な光景は見ものだったが、何か俺たちが反省するような風情だったか？」

同じく招かれたのだろう作家の伊集院宙人《そらと》と白洲絵一《えいち》は正装で並んで座り、美しい歌声が響き渡るオペラシティのよく目立つ関係者席で、宙人は白洲の肩にもたれかかって深く眠ってしまったのだった。

「そうですね……あの時に見たというよりは」

同じ関係者席にいて正祐も大吾もその姿は見たし、客席の人々も思わず振り返って見てしまう。言ったら美しい光景だった。唯一世界の歌姫と言われているソプラノのオペラ歌手が、射殺すように真っすぐ宙人を睨んでいたが。

その時ばかりは彼らの中身を多少知っているつもりの大吾と正祐も、オペラシティを染めた退廃美に感嘆した。

「お話し中ごめんよ。はい、アオリイカ」

すっかり元気そうに見える「鳥八」の店主百田《ももた》が、醤油《しょうゆ》で焼いたアオリイカを白い皿に載せて大吾と正祐の真ん中に置いてくれる。

「醤油の焦げた香りがたまらんな」

「香ばしい湯気が……」

「捌《さば》いて、肝も墨も一緒に酒と醤油で焼いただけなんだ。時期がいいから素材の味を活かしたくてね」

旨《うま》いよ、と百田の一言が皿に添えられた。

「ちょうど天明が終わった。これは辛口といきたい」

「新酒じゃなくて夏越《なご》しだが、よく冷えた蔵太鼓《くらだいこ》があるよ」

「それはいいな」

新鮮な焼きイカに辛口の冷酒とは最高だと、答えた大吾だけでなく正祐も体を揺らして酒を待つ。

「俺たちはデカダンスとは程遠いな」

話をきちんと戻して、大吾は珍しくいたずらっぽく笑った。

「あなたと私らしいです。……きれいですね、蔵太鼓」

この店ではあまり見たことのない口の広い片口に、墨色の瓶からとろっとして見える酒を注がれて、正祐がうっとりと見つめる。

差し出された片口で大吾が正祐の猪口《ちょこ》にも酒を注いで、ゆっくりと二人は口をつけた。

「辛口なのに甘い」

「不思議ですね。口に入れるとその意味がよくわかります」

しみじみと酒を味わって、自然と笑顔になる。

「でも、デカダンスのことではないのです」

ふと、正祐は猪口をカウンターに置いて、足元の仕事用の鞄から薄いタブレットを出した。

「おまえがこんなものを持ち出すのは珍しいな。持っていたことに驚いているぞ、俺は今」

アナログと言ってはアナログに悪いくらいデジタルから遠くにいる正祐のタブレットに、大吾が蔵太鼓を吞みながら目を丸くする。

「会社で支給されていて、社内で使うことはあります。プリントしてあなたにお見せするのは権利的にどうかと思いまして、持ち帰りました」

今日は特別に持っていると端的に伝えて、正祐はそのタブレットに保存していたイギリスの電子新聞を開いた。仕事道具とはいえ扱いなれないものを使っているので、指の動きがぎこちない。

「なるほど」

その新聞に掲載された一枚の写真には、正祐が今言わんとした様々な意味が一目瞭然《りょうぜん》となっていると大吾も理解した。

座席ではそこまで見えなかった宙人が白洲に寄りかかって眠っている姿が、はっきりと写し出されコンサート記事の見出しにまで使われている。

「『世界の歌姫、東の紳士を眠らせる』。伊集院が東の紳士か。猫に小判だな」

「少し意味合いが違いませんか?」

「伊集院と白洲にもかけた」

「どちらが……いえそんなことより。お二人の穏やかな風情《ふぜい》に、私は反省いたしました。まだ知り合って間もないはずでは」

どちらが猫でどちらが小判なのかは突っ込んで語るまいと正祐にしては俊敏にひっこめて、少なくとも自分たちよりは短いつきあいの恋人たちに、反省の理由を語った。

「馴れ初めが全くわからんこの世の七不思議だが、少なくとも一年以内だろうな。去年の夏には出会っていなかっただろうよ。白洲は鎌倉屋敷に引き籠《こ》もっていた。一年に一度も外に出たくなかっただろう」

去年の夏、あの時は確かに「蛇性《じゃせい》の婬《いん》」の真女児《まなこ》であった白洲に大吾は頭を下げるために屋敷に行き、まさに伝奇小説に現れるような退廃美に満ちた洋館を見ている。

「そういう屋敷だった。ずっと独りで棲んでいると、あの醸《かも》し出される陰鬱《いんうつ》が気にならないんだろうと思ったよ。慣れていって、それが常態になる」

「恐ろしいですね……私にも近しいところはあります。そんな白洲先生の、この穏やかな顔をご覧ください」

鎌倉の白洲邸に大吾が頭を下げに行く原因を作ったのは自分で、その時の罪悪感を忘れていない正祐は白洲が穏やかに幸せならそれはそれはただ嬉しかった。

あの怜悧《れいり》で高潔で、なんなら高慢な白洲絵一が、文学界広しといえどなかなかいない能天気な伊集院宙人に人前で甘えられて許している。きっと幸せに違いない。

「……拡大していいか？」

だが個人的な罪悪感から白洲の幸せを願う正祐より、大吾は大分疑《うたぐ》り深《ぶか》いし白洲をよく知っているつもりだった。

「阿修羅《あしゅら》の如《ごと》きご面相だ。相当怒ってるぞ、白洲は」

大吾も慣れてはいないが指で写真を拡大すると、タキシード姿の愛人に肩を許した白洲は氷のような目をしてまっすぐ前を向いている。

「なんと……」

仲睦《なかむつ》まじく穏やかというイメージで小さな写真を見ていた正祐は、能面のような白洲の顔に吃驚《きっきょう》した。

「けれどエントランスで睦まじくしてらっしゃいましたよ」

「おまえも俺に肩で寝てほしいか。公衆の面前で」

「真っ平《まぴら》ご免《めん》です！」

我がことに喩《たと》えられたら、正祐も白洲が凍る理由がよくわかる。

「そうだろう。俺は平気だが、相手が伊集院となると……」

宙人は何もかもが健《すこ》やかで陰口を言うのも大人げない気がしてくるが、稀代《きたい》の阿呆と文学界ではよく知られた若者だ。

「白洲はまるで仏だな」

文壇の寵児《ちょうじ》と呼ばれ孤高の文学者として名高い白洲がこの醜態《しゅうたい》を許したなら、それはもう人知の及ぶ話ではないと大吾が片口を空にする。

「ほとんどマリアですね。こうして写真まで撮られてイギリスの新聞に掲載され」

「南無阿弥陀仏《なむあみだぶつ》南無阿弥陀仏《なむあみだぶつ》」

思わず大吾と正祐は拝み、丁度良く置かれたためひかりの天ぷらに目を輝かせた。

「塩でね」

癖なのか言い添えた百田に、言われなくとも二人とも熱いうちに塩で頬張る。

口の中に広がった苦い肝を、ありがたく酒で馴染《なじ》ませた。

「でも、本当にそうです。恐らくおつきあいなさって日の浅いお二人が。この写真を撮られた時は白洲先生は阿修羅でも、エントランスではマリアとなり」

「滅茶苦茶だな。国はいいが宗教は混ぜると混沌《こんとん》が深まる」

「人前で喧嘩などなさる様子もありませんよ。まるで聖母子像です」

「実際歳も離れてるしな。……おまえの言いたいことはわかったよ。俺たちは大人げがない、白洲と伊集院に比べて。それは確かに大いに見直すべきことだ」

真女児が金髪の愛人を愛《め》でられるなら、自分たちなど一生喧嘩しないこともできるはずだと、大吾が片口から酒を注ぎ足す。

「喧嘩はよそう。あいつらにできるなら俺たちにもできるさ」

言い放ってから、しかし大吾は立ち止まった。

「だが、外野で思っている通りではないだろうがな。伊集院も白洲も」

「聖母子像のことですか?」

最早彼らがそんな風に見えてしまっている正祐が、濡れては危ないと聖母子像が写し出されたタブレットをしまい込む。

「ああ。俺たちだって、きっと人が思うものとは違う。あの二人は俺たちのことを知っているが、イカと日本酒をもらってこうして子どものようにはしゃいでいると想像するか?」

はしゃぐ、という言葉を使った大吾に、自然と正祐は笑顔になってイカを食《は》んだ。

「そうですね。お二人については、いささか定型的な想像しかしていませんでした」

勝手に、白洲絵一と伊集院宙人というイメージの型に嵌《は》めて考えていたと正祐が気づく。

「俺も、異《こと》にあの二人についてはステレオタイプに考えがちだし世間もそうだろう。だが人間一人、二人。そんなもんではないだろうよ」

「それも反省です」

「想像を絶した出来事だから仕方ないとしておこう。なんとはなしに伊集院を見ていると、『トロッコ』を思い出したもんだったが」

定型的な想像は自分もしたと大吾も反省して、今まで宙人のことはまっすぐ子どもだとしか思っていなかったと明かした。

「芥川龍之介《あくたがわりゅうのすけ》の保吉《やすきち》もの……ではないですね」

珍しく文学のことに於《お》いてあきらかな間違いを言いかけて、正祐が慌てる。

「保吉ものだと思うのはわかる。回顧録のような短編だからな」

慰めではなく、大吾は共感を示した。

芥川龍之介の「トロッコ」は、良平《りょうへい》という二十六歳の青年が八歳の出来事を回顧する小説だ。触ると叱られていたトロッコを、押していいという大人についていった少年が、夜に悪意なく放り出されて一人で遠路を心細く帰る。

「芥川の回顧ではありませんでした。良平は校正者なのに、間違えるとは」

保吉ものは芥川龍之介作品の中でも堀川《ほりかわ》保吉という人物を主人公にしたもので、芥川龍之介自身の思い出や経験に基づいて書かれた自伝に近い作品群だ。

「記者の経験を聞いて書いたんだったか。おまえは初めて読んだのは幼い頃だっただろうが、どう思った?」

「それはもう、恐ろしい出来事だと思いました」

「そうか。そうだろうな」

文学については今でも時には我を忘れて意見を闘わせてしまう二人なのに、大吾が困ったような顔をして頭を掻《か》く。

「はい箸休め。蓮根《れんこん》のきんぴらだ」

小鉢を百田が置いてくれた。薄く甘辛の醬油が光って、僅かに鷹の爪が赤い。

「ビールが呑みたくなります」

「呑みたきゃかまわないが、薄味だよ」

食べてごらんと百田に言われて二人がそれぞれ箸をつけると、出汁《だし》醬油が薄くきいていて一旦箸が休まった。

「これはいいな」

「落ちつく味です」

家で出るようなものでも自分でつけられる味ではなく、出汁と蓮根が腹に染み入る。

「あなたはどんな感想を持たれたのですか？　『トロッコ』」

止まってしまった話の続きはもちろん気になって、正祐は尋ねずにはいられなかった。

「……俺は、文学はだいたいじいさんのところで読んだから。中学生の感想だ。弱々しいガキだな、そのくらい泣かないで帰れと呆れたよ」

実際、自分なら必ず勇ましく帰る子どもだった大吾は、言いにくそうに正祐に告げる。

強く生まれてきた大吾に弱き者への共感が欠けていることには、夭逝《ようせい》した梶井基次郎《かじいもとじろう》を巡って一度正祐は泣いて怒ったことがあった。

「中学生の時なら、自分に引き寄せて考えるのはごく当たり前のことだったのではないでしょうか」

「おまえも俺のこういう傲慢《ごうまん》さに甘くなったもんだな」

「以前と違って、反省してらっしゃるからですよ」

梶井基次郎への大吾の暴言を巡って正祐が泣いたのは、去年の冬のことだ。

もうすぐ一年が経つ。二人の間に交わされた言葉、あった出来事が積み重なって、お互いがいくらかは変わったのだと大吾も正祐も思いがけず知ることになった。

きっと、喧嘩をしないでいることももうできるのかもしれない。

あるいは。もしかしたら。

「それで伊集院先生を思い出していらっしゃったのですか？『トロッコ』で」

「八歳の良平くらいガキに見えていた。だが伊集院は見たままじゃないのかもしれないし」

宙人の話はもういいと、大吾が肩を竦《すく》める。

「『トロッコ』も、今は違う感想だな。思い出したんで気づいた。読み返してみよう」

「今どう思われるのか、聴きたいです」

そんなことを言われては、正祐としては尋ねずにはいられない。

「暗澹《あんたん》たる青年の回顧録で、良平が二十六歳の窮状《きゅうじょう》からそのことを思い出していることには違いないだろうが。回帰不能点の話かもしれんと今思った」

今夜にでも読んでみようと大吾は、頭の中で芥川龍之介全集の行方を探している。

「飛行機の燃料がなくなって帰れなくなる地点、ですね。航空用語でしたか」

「今は環境問題の用語にもなっているようだが。取り返しがつかないところを通り越してしまう。もう二度と戻れない、という意味合いだな。八歳の時には良平にはそれがわからなかった」

「そうですね……帰れないと不安に思ったようですが、結果家に帰れましたから」

むしろまだ帰れるところにいるということがわからないので、不安に押しつぶされそうになったのは幼いが故と、正祐も得心する。

「二十六歳の良平は、回帰不能点を通り過ぎてしまっていた気がするよ」

「そうでしたか？」

八歳の良平の経験が描かれている部分がほとんどで、二十六歳の主人公については正祐は記憶から脱落していた。

「おまえも読み返してみろ。妻子を連れて東京に出てきて薄給でという中で、トロッコのことを思い出している。漠然とした不安なんてもんじゃないだろう、それは」

漠然とした不安とは、芥川龍之介が自死にあたって遺した言葉だった。

「不思議ですね」

すぐにでも読み返したいと思いながら、大吾の言葉を聴いて覚えず正祐が呟く。

「何がだ？」

「薄給でも仕事があり、家族がいて。時代が違うといえどまだ二十六歳の身で。それを幸福と思えず、戻れないと思ってしまうことがです」

「それは人にもよるだろうが、一人の人間でも様々なんじゃないのか？　その日は絶望的な窮状に思えたが、朝には幸せに思えるかもしれん。気持ちは日々変わる」

情人の言葉をきちんと聴いて、そういうことは自分にもあると正祐は思った。

大吾に出会う前の正祐の心は、極端に平坦だった。だが一人の人と出会ってともにあるようになって、情人への気持ちが溢れてむしろもう無理だとなる日もあれば、抱き合った刹那満ち足りることもたくさんあった。

「何を笑ってる?」

「なんでもありません」

隣にいる男にそれを教えられたと言うのは癪《しゃく》で、正祐が酒を口に入れる。

「今は一休みですか?」

尋ねられたら答えなくてはならないので、話を変えた。

「そうだ。長かったが一冊書き終えて、校正を受け取ってざっと見ているところだが」

疲れから伸びをして、はたと大吾が正祐を見る。

「素晴らしい校正者に出会ったぞ!」

ふと思い出したというよりは、もともと正祐に話そうとしていた勢いで大吾は言った。

「新しい、出版社ですか?」

今校正をしているということは告知前かもしれないので、慎重に正祐が小声になる。

正祐は大吾の担当校正者だが、手元にやってくる東堂大吾作品はほぼ犀星社のものと決まっていた。正祐の勤め先の庚申社が、犀星社の歴史校正を請け負っている。

「文芸を書いているところが、文芸としての時代小説を書かないかと言ってくれてな。シリーズでと言ってくれたんで、一冊目を書いたわけなんだが」

「シリーズですか」

東堂大吾作品の主たるシリーズは二作とも正祐が担当していて、新シリーズが始まるというのは大事《おおごと》だった。

「たとえば、『きく』、を俺は微妙に書き分けている。尋ねる意味での訊くはもちろんだが、耳できく場合でも耳の位置が変わる」

「『聞く』、と『聴く』ですね」

それはもちろん正祐は承知していて、音が違うわけでもないのに漢字を意識して声にする。

「それを一読で気づいて、冒頭に『念のため変換間違いと思われる部分に鉛筆』と控え目に書いてあった。漢字の使い分けは全てその調子で理解している」

ストレスのなさもさることながら、漢字に込めた思いが理解されたことに大吾は喜びを感じていた。

「それは、本当に素晴らしい校正者です」

「はい、鶏がらスープ」

ことり、と百田が正祐の前に湯気のたった器を置いてくれる。

「なんだおやじ、俺にはないのか」

「まあまあ。塔野さんが先だ」

何故自分が先なのかわからないまま、正祐は鶏の出汁がよく出た塩気のある黄金色のスープを飲んだ。

温まり、力が漲《みなぎ》る。

情人と同じ立場の校正者を臆さず称える大吾は、すっかり自分を信頼してくれているのだ。

もう喧嘩はよしましょうと今日、正祐から大吾に告げた。

二人の仲は以前より落ち着いて深まっていると思える、よく冷えた立冬だった。


鞄を思い切り青いソファに投げつける音が、近所の小学生に「幽霊マンション」とあだ名されている正祐《まさすけ》の部屋に鈍く響いた。

「……私は何を。おじいさま、ごめんなさい……！」

そのソファは正祐にとってずっと唯一の理解者であった鎌倉の祖父の形見で、鞄の中にタブレットが入っていることなど忘れて正祐はスーツのままソファに縋《すが》った。

なんだ、泊まっていかないのか？

不思議そうに訊いた大吾《だいご》に、笑顔で頭を下げて正祐は鳥八《とりはち》からまっすぐ松庵《しょうあん》のマンションに帰った。と、言っても大吾の家もすぐ近くだ。

「何がなんだ泊まって行かないのかですか……」

ソファに投げてしまった鞄に覆いかぶさるように座り込んで、衝動でやわらかいクッションを殴る。

「また……！　私は一体」

感情のままに物に当たり散らしている自分に、ようやく正祐は気づいた。

今まで気づかなかったのは大吾と別れるまでは我慢に我慢を重ねていたのと、物に当たるような真似を正祐は生まれてこの方一度もしたことがないからだ。

信じたくなかったが、物に当たるような感情の出所は心当たりがあった。

「私はあなたの漢字の使い分けを誰よりも熟知しています」

鳥八では言えなかったことを、自分の部屋で声にする。

すると自分の言い分は、呆れかえるほど幼く、吃驚《きっきょう》するほど愚かしかった。

「仕事上の話を真摯《しんし》にしてくださったのに」

情人の前で情人の同業者を称えた大吾に、意地悪や嫌味の気持ちがなかったことはさすがに長く傍らにいたのでよくわかっている。

書くということにひたすらな大吾は、自分が編んだ言葉を丁寧に扱ってくれた一人の職業人に純粋に感謝していただけだ。

その気持ちを、同じ仕事をしている正祐にも分けてくれた。

「なんて……尊い」

このままでは「トロッコ」の八歳児どころではないと、無理やり大人としての言葉を紡ぎ出す。

「ようでいてあなたの無神経さには……っ」

だがすぐに本音が建前の背中からやってきて、非力な建前を押しのけて喉から出て行った。

大吾には悪気がない。悪気がないのに同業者を称えられたくらいでこんなに感情的になるのは、本当にどうかしている。

「『トロッコ』を読もう……確か寝室に新潮文庫の『蜘蛛の糸』が」

短編はあの本に入っているはずだと、よろよろと正祐は立ち上がった。

話を聞いた限りでは、新シリーズは文芸に強い白樺《しらかば》出版から刊行される。白樺出版は時代小説には特化していないので、正祐はほとんど縁がない。

「内部校正の方なのだろうか」

気づくと、顔どころか性別も年齢も何もわからない同業者のことを考えてしまっていた。

東堂大吾は、既存のシリーズを継続して長くやっている。そこに、文芸としての時代小説のシリーズが加わった。それは大きな動きだ。

何より大吾の声がとても、楽しそうだった。

「愛する人の幸せを喜びこそすれ」

失敗など正祐は絶対に望まない。

このつまらない巨大なやきもちには、答えもなければ出口もないのであった。

「あまり好きにはなれないけれど『藪《やぶ》の中』を読もう……」

芥川龍之介《あくたがわりゅうのすけ》の「藪の中」くらい正祐にはわからない。

わからないのは珍しく自分の気持ちではなく、そしてこれから自分がどうしたらいいのかという、具体的なことだった。


立冬《りっとう》から二日後の金曜日。

庵《いおり》のように建っている歴史校正会社庚申社《こうしんしゃ》の二階は、まだ十一月なのに凍えていた。

「だからと言って自分の存在意義を見失うほど未成熟ではありません」

自分のデスクから窓の外を眺めている暗い色のスーツを着た正祐《まさすけ》は、心を定めるために朝から既に都合三回同じことを呟いている。

「……せうですか」

隣のデスクで黙々と校正をしている同僚で先輩の篠田和志《しのだかずし》は、いちいち小さく返事をしてやっていた。

篠田の今日の眼鏡のつるは、渋く老竹色《おいたけいろ》だ。眼鏡フレームのコレクションは五十本を超えた。

「せうとは、どういうことですか？」

三回目にしてやっと篠田の声が聞こえて、突然正祐が隣を見る。

「え……いや、すごい存在感だぞおまえ。存在意義はもう充分すぎるほどある」

「僭越《せんえつ》ながら、文脈がおかしいように思います」

抱えている爆弾並みの感情を放出できない正祐は、隣で仕事をして丸五年となった尊敬する先輩に、初めての八つ当たりをしてしまった。

「そうねそうねおかしいと思うよ俺も！　存在の意義の話をしているのに、俺はおまえが存在しているか否かという話に変えてしまったな!!」

しかし当たられた篠田は決して怒ったりはせず、いつもの十倍は朗《ほが》らかに己の間違いを正す。

「……八つ当たりをして本当に申し訳ありません」

重箱の隅を突くが如《ごと》き行いに、篠田が不機嫌になったりせずこうして明るく返してくれたからこそ、正祐は猛省した。

「いいよ」

あっさりと篠田は手を振って、校正を休んだ様子なのにそこで終わってしまう。

「それだけですか？」

今日は滅多にない感情の連続で、不足で不満で正祐は子どもっぽい声を出してしまった。

「何が？」

笑顔のまま伸びをして、篠田が短く返す。

「いつもの篠田さんなら、八つ当たりのわけを尋ねてくださった気がします」

「気のせいじゃないなそれ。……おまえ」

ふと、驚いた顔をして篠田は、椅子を回して正祐の方をようやくちゃんと見た。

「なんだか人になったなあ。うん」

「そうですか？　正直、わがままな気持ちに支配されていて小さな子どものようです。今の私は」

自覚はあって正祐は、不満を口に出したことにまた落ち込んだ。

「いやあ、いいんじゃない？　感情が出てるのは。今まではしらっとして通り過ぎてた自分でも気づかないような望みを、言葉にしてるよ」

大人になったのではなく人になったと言っている篠田に、正祐は気づけていない。

「いいことだ」

「それならば篠田さん」

「そして俺もさすがに警戒心強く察知するようになったんだよ。尋ねてはならないわけがあると」

人になったことに感慨を覚えることと、わけを訊いてやるのは別問題だと、篠田は肘を引っ張って肩を伸ばした。

「それは……」

けれどよく考えたら正祐も、ここでいつものように篠田が「何かあったのか?」と訊いてくれても何一つ話すわけにはいかない。

喩《たと》え話で大吾との悩みを篠田に尋ねることを、正祐は勝手に得手としているつもりでいた。

だが、この件はどうにも無理だ。

「だからと言って自分の存在意義を見失うほど未成熟ではありません」

「なんの呪いなんだよ!　……ああ訊いちゃったよ……」

親切に篠田が、反射の素振りで結局尋ねてくれる。

「いえ。私は校正者として驕《おご》っていたようです」

「そうか?　おまえは優秀な校正者だよ。先生方の指名も相変わらず絶えないじゃないか」

「ありがたいことなのですが」

ですが、の先に何が続くのか不明となって、正祐は言葉を止めた。

回帰不能点を、簡単に通り越す話だ。

情人である作家が別の校正者を褒《ほ》めたことが、正祐は気に入らないのだ。

「なんて理不尽な人間なのでしょう、私は」

すっかり自分が嫌になって、正祐は頭を抱えた。

「おまえは今恐らく、話してはならない部分をすっ飛ばして結論だけを言ったんだろうな。その話してはならない部分をすっ飛ばしたおまえを、俺は理不尽だとは思わない。むしろ尊いと思うよ」

絶対に聞いてはならない案件だとひしひしと感じてる篠田だったが、だからこそ正祐が誰のことなのか丸見えの喩え話をしないことに心から感心していた。

「校正者としての自信をなくすようなことが何かあったのか？」

そちらならば仕事のことだし相談に乗れる範囲で乗ると、控え目に篠田が尋ねる。

「いいえ」

反射で首を振ってしまってから、正祐はハッとしていつも眠そうな目を見開いた。

「私……」

突然ある事実に気づいて、呆然とする。

「驕っているどころか、今まで校正者として自信過剰だったかもしれません。いつの間にか謙虚さをすっかり見失っていました」

五年前、始めた頃は一つの誤字も見逃すまいとただひたすらに必死だった。しかし大吾《だいご》が他の校正者を褒めたことによって、知らぬ間に自分にはなんらかの自負が生まれ育っていたと正祐は知った。

いつからなのか、少なくとも大吾にとっては自分が最善の校正者だと自惚《うぬぼ》れていたのだ。

「猛省です」

「何があったか知らないが、それは仕方ないだろう。おまえは有能なだけじゃなく、勤勉だし勉強熱心だ。これといった大きな間違いは出していないし、先生方だけでなく出版社からの信頼も厚い。それで自信がないと言われたら逆に不安になる」

丁寧に篠田が、納得できるように正祐に言葉をくれる。

とてもありがたく素直に正祐は聴いた。それでも大吾が新しく出会った校正者を称えるという想像が全くなかったことは、あまりにも恥じ入る感情だった。

「恥の多い人生です」

「……もし太宰《だざい》を模したのなら、人生じゃなくて生涯だな」

「……!!」

篠田に言われた通り、太宰治の「人間失格」の中の最も有名な一文を引用したつもりだった正祐は、あまりにも有名な言葉を間違えたことに、頭を抱えたまま机に両肘をついてなんとか倒れるのを止める。

「すまん……俺も職業病で……」

「いえ……太宰の言葉を間違えるなど、校正者どころか人間失格です」

「上手《うま》い」

「上手いことを言いたいのではありません……！」

結果、蛇蝎《だかつ》の如《ごと》く嫌っている駄洒落《だじゃれ》に近しいことになって、正祐の体は完全に机に倒れそうになった。

しかし机の上には大切な校正原稿が広がっているので、体は絶対に倒さない。

「おまえに校正者としての自信をなくされたら、俺もやり切れないが。ただ、今まで自信過剰だったんじゃないかと不安になるのは俺は悪いことじゃないと思うよ」

「……そうですか？　どうしてですか？」

こんなにも襤褸《ぼろ》のようになっているのに何が悪いことではないか、それは正祐には教えてもらわないと全くわからないことだ。

「おまえは多くの文学も読んできて、前職は歴史ムックを作っていた編集者だ。素地もあるし、熱心で、何より好きな仕事だろう？」

篠田の話を聞くために、なんとか顔を上げる。

「はい。楽しくて仕方がありません」

眠そうな目で無表情にコツコツと隣で校正をしていた正祐が心の底から仕事を楽しんでいると、篠田は実は言葉で聞く日までわかっていなかったのでその日は驚いたものだった。

「五年か。この仕事に限らず、素養があって熱心にやっていれば仕事はかなりできるようになる頃合いだ。そうすると乗ってくるし、万能感みたいなものも生まれる。自己肯定は大事だが、万能感は事故の元だ。なんていうか」

やっと体を起こした正祐に、篠田がやさしく笑う。

「等身大の自分が、見え始めてるのかもしれないな。だとしたらそれはいずれ安定に繋がるさ。早晩落ちつくよ」

あまり篠田らしくない断定をくれたと、正祐は気づいた。

言われたことの意味は、まだよくわからない。けれど覚えておこうと正祐は、胸の中に書き留めた。

「校正者だけの呑み会に来ないか？　トークイベントに関わってる連中を何人か誘うよ。おまえがよければだが」

適当な日を確認するために、篠田が手帳を取り出す。

再来週はどうだろうと呟いている篠田を、不思議な気持ちで正祐は見つめた。

「篠田さんがそういったことに私を誘ってくださったのは……初めてではないでしょうか」

きょとんとして、そして僅かに嬉しくておずおずと正祐が尋ねる。

嬉しい自分が、また不思議だった。以前はそうした他者との交流を、正祐はまるで望んでいなかった。

「そういうところだ。前より人のことに気づいてるんで、誘った」

「気づいてますか？　私」

尋ねた正祐に、少し困って篠田が頭を掻《か》く。

「一点だけ見て、その点以外のところが見えてないみたいな感じがなかったか？　前」

婉曲《えんきょく》な言い回しを探して、篠田の声が少し静かになった。

遠回しだけれど想像しやすい表現に、正祐が息を呑む。

「……今も多々ありますが、以前はずっとそうだったかもしれません」

今見えていることよりも、かつては一点以外を見ていなかった自分に動揺した。

「視界が広がったんだな。いいことだいいことだ」

二度繰り返して篠田が、落ち込みかけた正祐に軽さをくれる。

「知らない同業者、会ってみたいか？」

軽さを持ったまま、篠田は訊いた。

粗相はしないだろうかと自分が不安だが、その席には篠田もいるならきっと諌めてくれる。

「はい」

返事に、正祐にはかなりの思い切りと勇気が要ったけれど、自然とはにかんだ笑顔になった。

霜月《しもつき》半ば、寒さに空が澄んだ星のきれいな晩に、大吾《だいご》が正祐《まさすけ》の部屋を訪れた。

「すまんな、急に予定を変えて」

幽霊マンションの青いソファに疲れたように座って、自宅から歩いてきた大吾が大きくため息を吐く。

「いえ。何もありませんが」

時間も予定より遅くなって、正祐は台所で缶ビールとグラスを出していた。

今日は正祐の方で大吾の家に泊まりに行く予定だったが、不意に大吾が正祐の部屋がいいと連絡を寄越した。

出かけようとしていた、ついさっきのことだ。

「部屋に再校のゲラがあってな」

「ああ、それでは私がいてはいけませんね」

仕事場でもある家に発行前の小説の再校原稿があるなら、確かに自分が行くのは適切ではないと正祐がビールを運ぶ。

だが実のところ行き来するようになって二年以上、そうしたことはお互いあっても見て見ぬふりをしていたのが事実だ。

「どうぞ」

疲れて部屋にやってきたので、自然と正祐はグラスにビールを注いでやった。

「悪いな」

グラスを合わせて、正祐が大吾の隣でビールを呑む。

「ゲラがあるせいじゃない。少し俺があの再校原稿から離れたいんだ」

疲れた横顔で、大吾らしくない弱音が語られた。

「珍しいことをおっしゃいますね」

「そうだな。そんなに頻繁にはならない心境だよ。捲っても捲っても鉛筆と資料だ」

「再校とおっしゃいませんでしたか？」

首を傾げて、もう一口正祐がビールを呑む。

小説の校正は通常、初校、その赤字を反映させて出した再校までを作家は確認する。必要なら再校にも書き込む。更に確認したい場合は、念のため念校を見る。

初校が反映されている再校では、初校のせいでリズムが狂った文章を整えるくらいのことしか作家の仕事としては残っていないのが普通だった。

「初校の時に書き込まれた疑問点を俺がそのままイキにしたところに、『本当にそれでいいのか』と言わんばかりに更なる資料が添付してあってな……読まないとならないし読みたいんだが、如何《いかん》せん」

こうして疲れていると、そのままの姿を大吾が晒《さら》す。

再校の時に疑問の書き込みが減っているのは通常のことだが、正祐の場合今大吾の手元にある再校に近いことをすることはあった。

要は、初校で作家に理由を明かされず無視された書き込みに、「何故《なぜ》」「どうして」「こんな資料もありますが流していいのですか」と念押しをするのだ。

「もしかしてそれは」

この間称えていた校正者からの再校なのではと尋ねかけて、慌てて正祐は控えた。

何を訊かれそうになったか大吾は気づいたような顔をしたが、反応しない。

それで正祐は、大吾は情人の同業者のポジティブな話はするがネガティブな話は聞かせないと知って、この男への信頼が増した。

「言っとくが、姿を見せてないだけでおまえからの再校を受け取った時もこんなもんだぞ。俺は」

特別な疲れではないと、大吾が苦笑する。

「それだけ力を尽くして見ていただいていると知れて、嬉しいです」

言ってしまってから正祐は、お互いの間にある仕事という聖域についての感情を述べてしまったことに狼狽《うろた》えた。

「そのくらいのことは言ってくれ。全く悪い気はせん。……あれだな」

ソファの背もたれにすっかり体を沈めて、大吾は癖のように本棚にある文字を目で追っている。

「どれですか?」

本のことだと勘違いした正祐を見上げて、大吾は笑った。

「俺の方でも、仕事のことで嬉しいだのありがたいだの言うのは不適切だと、前はいちいち立ち止まったもんだが。緩んだというよりは」

ふと、大吾の節がしっかりした指が、正祐の頬を撫でる。

「おまえに甘えている」

正祐の髪を引き寄せて、大吾は唇を合わせようとした。

けれど触れかけた刹那、正祐が大吾の肩を押し返す。

「なんだ」

「私は不納得です」

「したくないのか」

ならしないと、大吾は無理強いを望まなかった。

「そうじゃありません。あなたは今、私の再校と向き合っている時と近しい状態なのですよね?」

「ああ。見ての通り憔悴《しょうすい》している」

「もし私の再校と向き合ってらっしゃる最中に、疲れて誰かに甘えられたら私は嫌です」

「……随分アクロバティックな想像だな」

その想像には全く追いつけず、大吾が体を起こす。

「校正中にそんなに憔悴しているあなたを、私は初めて見ました」

「おまえから戻ってきた校正中にこうなったら、おまえには会わん」

「ならその時の疲れはどうやって癒《いや》すのですか？」

不安と疑問で、正祐は尋ねた。

そう来るとも想像していなかった大吾が、考え込んで顎を押さえる。

「風呂に入ったり」

どうやら大吾は、真面目に答えているようだった。

「頭に血が上ったら外を走ったり」

「意外と身体的な方法なんですね……」

「要は血の問題だ。血が流れれば頭も動く。頭が動けば仕事も進む。脳も体だろう」

説明を受けてそれは納得し、喉まで出かかった言葉を正祐が言おうかどうしようか悩む。

「まさか今、じゃあ風呂に入れとか走ってこいとか言うつもりじゃないだろうな」

「……さすがです。察しがいいですね」

「今俺たちの時間は仕事を離れた時間だろう？　しかも家にある校正は違う校正者のものなんだぞ？」

何故走れと言われねばならぬと、大吾は憤慨を見せた。

「あなた、私に校正へのそこまでの疲れを初めてお見せになりました。今気づきましたが」

自分の校正で大吾が感情を見せる時は大抵怒っているので、こんなに消耗している大吾を見るのは正祐には本当に初めてのことだった。

けれど迂闊《うかつ》に口に出してから答えを聴きたくないと思ったが、もう遅い。

「白状するが、おまえ以外の校正でこんなことになるのは実際初めてだ」

ばつが悪そうに、少年のように、正祐がとても好きな目をして大吾は笑った。

「突っ込んでくるよ。ったく」

新しい校正者に散々に突っ込まれて、問い質《ただ》されて、けれど大吾はその疲れを全く悪いものだと思っていない。

いい相手とやり合っているという充足感が、きっとその疲れの中にはある。

正祐とやり取りをする時のように。

「……今度機会があったら伊集院《いじゅういん》先生と白洲《しらす》先生に、喧嘩《けんか》をしないコツを尋ねてみます」

「いきなりどうした」

無意識に正祐が呟いた声の力なさに、大吾は目を見開いた。

「だってあなた」

無神経にもほどがあるでしょうと、本当は正祐は言いたい。

散々に浮気をして、それをよい疲れだと言って自分のところに男が甘えにきた。正祐としてはそういう心境でしかない。

けれど絶対に言ってはならない嫉妬だ。恋愛と仕事は違うのだから、腹に溜めるしかない。

「前々から訊きたいことがあったんだが。おまえ、俺のことをすっかり『あなた』と言うようになったな」

以前よりは正祐を心得ている大吾が、するりと話を変えた。

「お気に召しませんか」

「気に入らないわけじゃない。むしろ貞淑《ていしゅく》な妻のように感じ入ってしまうが、それでいいのか」

「何一つよくありません」

自分の本意と違う捉えられ方をしていると知って、即座に正祐が否定する。

「じゃあどういうつもりで俺にあなたと言ってるんだ、おまえは。あなた、というのは文学の中でも妻が夫に呼び掛ける言葉だろう」

「文学の中にはそうした貞淑な妻が山と出てきますね。夏目漱石《なつめそうせき》や太宰治《だざいおさむ》」

「どの作品のどことは思い出せないが、イメージだな」

しかし二者の作品の中には必ず夫に「あなた」と呼び掛ける妻が出てくるとは、二人ともしっかり覚えがあった。

「私があなたのことを時々、あなたと呼び掛けてしまうのはもっと事務的な理由ですよ」

「あなたに事務的なんてことがあるのか？」

理由を告げた正祐に、愉快そうに大吾が声を大きくする。

「私、あなたのことを呼び捨てにすることにしますと言ったではないですか」

名前を呼べと大吾に言われて「大吾」と呼ぶことに決めたと正祐が告げたのは、もう随分と前のことだ。

「ああ、呼んだな。たった一度。大吾と」

たった一度で終わったことは、大吾の方でもきっちり認識していた。

「宣言したものの、情人といえど年上の人を呼び捨てにするのは私には全く馴染《なじ》まず。けれど、こうして会話をしている中で呼び掛けなければならない場面は巡るので」

「なるほど。事務的なあなたか。だが存外、貞淑だと思い込んでいる妻の方でもそうした理由かもしれんぞ」

文学の中でもと、大吾が肩を竦《すく》める。

「……そうですね。時折考えてきたことですが、男性作家たちが描いた小説には妻どころか女性の視点が欠けています」

「やめてくれ」

手を振って大吾は、また疲れの中に戻ってソファに背を埋めた。

「どうしました」

「女二人の幼なじみが、それぞれ聡明な女と苦界に生きることになる女とに道を分かっていく小説を書いたんだが」

無意識に大吾が口に出した小説は、恐らく家にある再校の内容だと正祐は察した。それらしきタイトルの告知が白樺《しらかば》出版から既に出ているので、告知前ではないだけよしとすることに胸の内で決める。

こういうところがさっき大吾が言った、「緩んでいる」方だ。

「女性の持ち物、当時の流行……何しろ主人公のうちの一人は花魁《おいらん》になるからな。山ほど資料が添付してあって。まさにそれが言いたいんだろうと今腑《ふ》に落ちたよ。女の視点が欠けてる」

それは言われるまでもなく、男だという理由だけでなく大吾からは大いに欠落しているものだ。

そもそも東堂《とうどう》大吾が何故女二人主人公の物語を書こうと思ったのかと、一読者としては尋ねたいところだ。だがそこはもちろん描きたい心情があってのことだろうし、正祐は本当は何も聞かずに本を読みたい。

「私にも女性の視点は生まれつきありませんが。それでも確かに母を見ていると、着物の柄や帯の色にその時の状況や心延《こころば》えが映りますね。季節だけではないです」

大吾の初恋の女優である正祐の母は、実は大吾にときめいたので着物の色を年齢に合った落ちついた色に変えた。いつまでも娘のようにしていてはいけないと思ったと言って、見たことのない静かな色の絹を纏《まと》っていた。

彼女の息子である正祐は、情人にそのことを教えてやるつもりはない。一生だ。

「持ち物が心情を映すか。それは疎《おろそ》かにはできないな」

得心したと、大吾が長い息を吐く。

「あなたも私も、だいたいいつもモノトーンですから。そうしたことは思いつきませんね」

その視点に気づいた校正者は恐らくは女性だろうと、正祐は想像した。

大吾の目の前に心に掛かる女性の校正者ときては、ますます幼稚な方向に心が妬けてくる。

「芥川《あくたがわ》作品の中には、イメージがないな。あなた」

ふと、大吾は話を文学に戻した。視点のない女性像を、一つ一つ読んできた文学の中に辿ってのことだ。

「作品が説話的だからでしょうか。恋愛さえあまり扱いませんでしたね」

「他の文豪が描いたようなメロドラマを書かなかった。書きたくないという声明文のような捻《ひね》くれたものを書いていたな。『或《ある》恋愛小説』だったか」

「初出はなんでしょうね、あれは。声明文というよりは随分嫌味だった記憶です」

「そういえば、『トロッコ』は読んだか」

先週、鳥八《とりはち》で話題に出た短編に話が流れる。

「読みました。八歳の良平《りょうへい》に気をとられていましたが、二十六歳の良平の暗澹《あんたん》たる様子の方が確かに深刻ですね」

「おまえが言ったように、二十六歳で戻れないものでもないと思うがな。あの時代で、妻子がいたとしても」

先週の酒の前での会話を、大吾はきちんと覚えていた。

「芥川にその話をしたという人の、その後を探してしまいました。けれどあれは芥川の創作ですね」

「ああいう括《くく》り方を芥川は好んだな。希望が見えない」

そういう人物だったとは、芥川の人生の終わりを見ても想像に難くない。

希望のない小説と同じとまではいかないが、いつものようには正祐は大吾との文学の話に心躍らなかった。

新しい校正者に話が近づきすぎたと気づくと、大吾は恐らく意図して話を遠ざける。

そのために文学の話をしているのかと思うと、正祐は気持ちが塞《ふさ》いだ。

「回帰不能点というのは、気づかずに通り過ぎるものなのでしょうか」

鳥八での大吾の言葉を、正祐も覚えている。

「気づけていたら通り過ぎないだろうから、そうだろうな」

「怖いですね」

鬱屈《うっくつ》を、溜めてしまっている自分のことを、正祐は言った。

喧嘩はよしましょうと、大吾に言ったのは正祐だ。正体のわからない感情を抱えきれずに大吾にぶつけたり泣いたりと、正祐は繰り返してきた。

少し知っている二人が睦《むつ》まじくしているのを見かけて、反省したのは本当だった。

他者というのは、自分を見るよりはよほどきちんと見えるものだ。宙人《そらと》と白洲《しらす》は、正祐からするとあんな風に穏やかに寄り添える印象がない。なのにああして寄り添うのはきっと、見えないところに努力があるからなのかもしれないと漠然と感じた。

「気づいた時にどうするんだろうな。もう帰りの燃料がないと」

それは怖いと、大吾も同意した。

今正祐は、本当は全く心穏やかではない。けれど大吾にぶつけていいことではないのはさすがによくわかっている。

今まで、自分と交わしてきたことを大吾は目の前で、見知らぬ人としている。

仕事とはそういうものだし、仕事でなくとも全てを自分がと願うのは無理だ。無理だと思うことがもう、驕《おご》っている。

「どうした？」

いつもの、正祐にはたまらなくやさしく聴こえる大吾の言葉が与えられた。

その言葉が与えられる時に欲しかったと思うのは、偶然ではないと知る。何か足りないと気づいたときに、大吾はそう気遣《きづか》ってくれているのだ。

情人の頬に、正祐は指先で触れた。

「帰りの燃料は、自分で探さないといけません」

それだけはわかって、鬱屈はしまい込む。

甘えにきたという男を受け止めて今は己を癒そうと、正祐は自分から大吾にそっと口づけた。

「どうしたもこうしたもありません」

スーツでは堅いと思いグレーのカーディガンにジャケットを羽織って、正祐《まさすけ》は十二月最初の土曜日の午後、吉祥寺《きちじょうじ》駅東口を出た。

「後ろから声を掛けようとした途端、おかしな独り言を言ってくれるなよ」

振り返ると、千鳥格子《ちどりごうし》のジャケットにダークグレーのハンチング帽を被った篠田《しのだ》が笑っていた。

「すみません……！　今日は独り言を言うまいと思うあまり」

「ま、今のうちに吐き出しておけ」

服に合わせた篠田の眼鏡のつるは漆黒一色だ。

「ある人について考えておりました」

「本当に吐き出すのか……」

肩を落として篠田が、正祐を連れて横断歩道まで歩く。

「いえ、吐き出してはならないことです。篠田さん、今日は一段と素敵ですね」

会社にいる時も篠田は、シャツにしてもパンツにしても派手ではないがあまり見ない色を持ってくることが多くて、正祐はたまに色の名前を尋ねる。

「恥ずかしながら、だな」

プライベートで出かけるとなるとシチュエーションに合わせてそこは張り切る自覚がある篠田は、言葉通りの表情をした。

「素敵ですよ」

恥ずかしいの意味がわからず、いつでも雑踏に溶け込む色を選んでしまう正祐がキョトンとして篠田を見る。

「色や柄をこうやって合わせるのは好きなんだが。気持ちとしては微妙だよ。気取り過ぎていないかということが家を出る時に一番考え込むところだ」

「全くそんな風に感じませんよ。なんというか、篠田さんの嫌味のなさと一致しています。やり過ぎているというのは……」

ファッションに疎《うと》いのに自分はやり過ぎの服装をよく知っていると、正祐は丁度目に入ってきた道の向こうに在る弟の広告写真に目を伏せた。

「おーい。あれはステージ衣装だろう」

同じものが見えた篠田が、スーパーアイドルグループのセンターにいる正祐の弟光希《こうき》を擁護する。

「いつも重力との関係を考えてしまいます。家族の衣装を見てきたのもあって、なるべく地味にと私はいつもこうですが」

白いシャツにボタンをきっちり止めたグレーのカーディガンと濃鼠色《こいねずいろ》のパンツ、濃紺のジャケットで正祐は軽く両手を広げた。

「篠田さんが選ぶ色や柄は、見ていて楽しいです」

「随分褒《ほ》められたもんだな」

青に変わった信号を渡って、篠田が小道に入っていく。

飲食店が入った小さなビルが並んでいる小道は却って単調で、正祐は一人なら迷う気がした。

「人が多いし、都会ですね。隣駅なのに滅多に来ないです」

「わかるよ。まあとにかく人が多い。新宿《しんじゅく》に出ない人がここに集まるんじゃないか？　西荻窪《にしおぎくぼ》や高円寺《こうえんじ》は使いやすい町なんだが」

近いのに都会の顔をした吉祥寺は、だいたいの時間を松庵《しょうあん》で生きている正祐には晴れが過ぎる。

「今日は俺たちを合わせて四人の同業者だ。業界の話題も出るし、聴きたくもあるだろう？」

「はい。興味深いです」

小道を歩いていくと、ほぼ居酒屋しかない昭和の映画に出てくるような呑み屋街となった。

「ここは、すぐそこに劇場があるんで業界って言っても演劇人が多いんだ。畑違いでお互いの話はわからん。個室で呑める身分じゃないしな」

そういう気遣《きづか》いで慣れない吉祥寺となったと、細い階段を篠田が指さす。

ほとんど縁のない鹿児島料理という文字が見えて、今までは億劫《おっくう》だった初めてのことが何故《なぜ》か正祐には楽しさをくれていた。


「どうもどうも。遅くなってすまんな、篠田《しのだ》くん」

「そこで笹井《ささい》さんと一緒になりました」

早い時間から賑やかな二階の居酒屋に正祐《まさすけ》と篠田で並んで座っていると、いかにも校正者といった風情《ふぜい》の眼鏡の男が二人入ってきた。

「自分たちも今きたばかりですよ。生《なま》でいいですか？」

注文をしようとしていたと、篠田が二人に手を振る。

向かいに座った二人に、緊張して正祐は頭を下げた。

「同僚の塔野《とうの》です」

軽い声で篠田が、正祐を二人に紹介する。

「はじめまして、庚申社《こうしんしゃ》の塔野と申します」

立ち上がって正祐は、ぎこちなく名刺を取り出した。

「どうもー。自分はフリーの校正者の笹井と申します」

少し恰幅のいい十は年上に見える男は笹井和哲《ささいかずのり》と言って、全て違う書体で作られた凝《こ》った名刺をくれた。

「自分はこういうものです。片瀬《かたせ》と申します」

勤め先は言わずに、片瀬と名乗った細いつるの眼鏡を掛けた濃紺のセーターの男が、名刺を両手で渡してくれる。

「ありがとうございます。よろしくお願い……します」

真向かいに座った片瀬から受け取った名刺を見ると、片瀬佳哉《よしや》は白樺《しらかば》出版校正部の校正者だった。

白樺出版校正部はさっきまさに正祐に「どうしたもこうしたも」と呟かせた、大吾《だいご》の心がいった先だ。

「すみません。うちは会社が、なんというか」

「片瀬くんのところは、社内の話を外に出すのに厳しいんだよな」

社名を口にしなかった理由を、片瀬の隣から笹井が語る。

「そうなんです。線引きが細かくて、正直自分にも話していいこと悪いことがわからないもので。社名は口に出さないということにしました」

名刺はお渡ししましたがと、顔立ちも指先もきれいな片瀬は笑った。

「老舗《しにせ》ですものね……あ、こういう話題の出し方も問題でしょうか」

何しろ同業者との呑み会どころか、知らない相手とこうしてちゃんと呑むこと自体も経験がない正祐は、なんの作法もわからずただ慌てる。

いつまでも「白樺出版」という文字を見ている自分に気づいて、何か言わなくてはと焦ったのも大きかった。

「自分の方で気にするので、みなさんは気にしてくださらなくて大丈夫です。多分会社的にはこういう場に僕がいるのも喜ばないんですが」

苦笑した片瀬と笹井の前に、白和《しらあ》えの小鉢と箸が置かれる。

「生四つお願いします」

通路側の篠田が、さりげなくとりあえずのビールを人数分頼んだ。

「同業者の方とお話しするのは勉強になりますし、そこはそっと」

「片瀬くんのところは結構年配の作家さんが多くて、大御所の。会社側でも漏らしちゃいけないことが多すぎてどうしたらいいのかわからないんだろ、きっと」

あっけらかんと笹井が言った理由に全員が納得したところに、素早く生ビールが四つ運ばれてくる。

「では、土曜の午後の同業者呑み会。今回は不肖私篠田が幹事を務めさせていただきます」

「なんだよその堅苦しい挨拶。乾杯！」

「乾杯」

「よろしくお願いいたします」

正祐だけ改めて頭を下げてしまい、四人でグラスを合わせた。

緊張はしているが、笹井と片瀬がとても穏やかで正祐も幾分ホッとした。

白樺出版校正部というのはやはり気になって、正祐はしまおうとした二人の名刺をもう一度見た。

「隷書体《れいしょ》には傾倒しそうになったことがあります」

笹井の名刺があまりに見事にバラバラの書体でデザインされているので、見とれてつい呟いてしまう。

「わかる！　傾倒、しそうになるんだよな。わかるよ塔野くん！　あ、塔野くんでいいかな？」

生ビールを既に呑み干しそうな笹井が、空いている手でテーブルを叩いた。

「も、もちろんです」

最後の「塔野くん」にだけなんとか正祐が反応する。

「一度は傾倒しそうになりますよね。僕も隷書体が美しいと感じて、翻訳書は全て隷書体にしたらいいのにと思ったことがありました。だけど明朝に帰るんです」

半分生ビールを呑んだ片瀬が、深々と頷いた。

「ゴシックには寄らずに、明朝に帰る。わかるわかる。幹事が適当に注文しますよ。食べたいメニューがあったら主張してください。浅漬け、胡瓜《きゅうり》豚味噌、黒豚角煮、酒盗《しゅとう》ポテトフライ、鳥刺し」

この店を知っている篠田の注文に、皆目を輝かせる。

「篠田くん。鹿児島黒豚の生ハムと、後で酒盗のカルボナーラ」

「酒盗のカルボナーラはマストです。生ハムもお願いします」

笹井の言葉を拾って篠田は、最初の一通りの注文を済ませた。

「素晴らしいチョイスですね、さすが篠田さん。楽しみです。ここのメニューは手書きですね。味があるなあ」

鹿児島の素材を使った料理を楽しみにしつつ、書体の話に早速片瀬が戻る。

「老舗じゃないけど長くやってる居酒屋って感じがして、いいねえ。色づかいがポップだ。明朝はやはり文庫に限るよ」

テーブルに二枚あるメニューを眺めて、笹井も書体の話を続けていた。

「どうした、塔野」

生ビールのグラスを持ったまま動きが止まっている正祐を心配して、篠田が尋ねる。

「感動してしまいました……」

自分が止まっていたことに気づいて、正祐は隣の篠田に言った。

「なにが?」

とてもライトに、笹井が訊いてくれる。

「書体の説明もいらず、その上隷書体に一度は心を囚われるという理解が一致しているなんて……まるで夢の国です」

「鹿児島料理の居酒屋だがな、塔野」

感極まる正祐に、篠田は苦笑して肩を竦《すく》めた。

「塔野さん同業者呑み初めてだと篠田さんから聞きましたが、本当なんですね。わかりますよ、夢の国です。書体の名前を口にしただけで全員同じイメージが持てて、明朝を愛しているのはほとんど全員一致なんて……!」

同業者呑み会は会社にいい顔をされないという片瀬が、けれど来ずにはいられない喜びをきれいな目に湛《たた》える。

「明朝を愛せなかったら、校正者続けられないかもしれんしなあ」

日々仕事で見つめている文字がもし丸ゴシックならと、笹井は戯《おど》けた。

「片瀬さん、こう見えてなんかおまえを思い出すところがあってな。笹井さんみたいにご自分の名前で校正者やってる方は、本当に勉強させてくださるし。そういう会だ」

「篠田さん……夢の国にお誘いくださって本当にありがとうございます！」

今まで同業者呑みに全く興味がなかった正祐は、隣駅吉祥寺に夢の国が存在していてすっかり驚いている。

「いやいや塔野くん。これはあれだよ、篠田くんの計らいだ」

「よしてくださいよ、笹井さん」

計らいと言われた篠田が、少し強めに笹井を止めた。

「だけど、そうですよ。初めてならお伝えした方が……。僕は会社があれなもので、あまり大勢の席は遠慮しているんですが。苛烈《かれつ》な場も多いです。今日喜んで来たのも、篠田さんが幹事で笹井さんがいらっしゃると聞いたからなんです」

笹井と片瀬の言わんとしていることが、正祐にはわからない。

「陽な組み合わせだな、今日は。人の悪い話も愉快は愉快なんだが、校正ミスを指摘し合ったり。解釈違いの議論を闘わせたり」

「僕、校正や小説と全く関係ない人間の噂話が苦手なんです」

今日はそういうことがない呑み会だと、二人は教えてくれた。

「篠田くんに甘やかされたということだよ、塔野くん。後輩思いだな」

「いやいや、初めてですから塔野は！　それに」

人の悪い話と笹井に言われれば、篠田は正祐の方が不安だという目をした。

「今日は私は、聴くので精一杯ですよ……？」

さすがに篠田が自分の冷酷な校正者魂を案じたのがわかって、余計なことを言うまいと正祐が強く心に誓う。

「ありがとうございます。篠田さん。あの、私は本当に篠田さんが隣にいてくださって校正を覚えた身で」

「おいおい。よせよー」

面映ゆいと篠田は、運ばれてきた浅漬けと黒豚角煮を受け取った。

「いえ、私にも最初にお二人に伝えさせてください。私……その、本当に人と関わることが稀《け》有《う》でして。もし失礼があったらその場で叱ってください」

気遣《きづか》ってやさしい人々を篠田が選び抜いて場を作ってくれたと知って、正祐が深く頭を下げる。

「塔野くんみたいな真面目そうな校正者に失礼なんかされるのは、俺は楽しみだねえ」

「ちょっと笹井さん！」

正祐の無意識の失言をほぼ毎日聞いている篠田は、若干ここで後悔をしていた。

「塔野さん。僕もです。校正者になるまで本だけが友達で、人との話し方はこうして同業者のみなさんに教わっているところですから」

同じだなどと言われてもとても信じられない人好きのする朗《ほが》らかさで、片瀬がきれいな眼鏡を掛け直す。

「私にも教えてください」

「はいはい酒盗ポテト。ここ焼酎《しょうちゅう》が旨《うま》いんで、呑みたいのあったらそれは各自オーダーしてください」

挨拶はこのくらいでと、篠田が程よく間に入った。

「いいねえ酒盗ポテト。吉之助《きちのすけ》ロックで！　……いやでも今日は言ったら塔野くんのデビューだろ？　自己紹介がてら質問くらいさせてよ。今の会社で校正始めたの？」

焼酎を頼んだ笹井が、擱みの質問を正祐に投げる。

「はい。やっと五年です。あ……私はそれ以外のキャリアがないので、よかったらお二人のお話を聴かせてください」

隣で篠田がきちんとしたコミュニケーションができた同僚に咽《むせ》んだが、正祐はそれはまっすぐ聞いてみたいことだった。

「僕も塔野さんと同じです。大学卒業して、本に関わる仕事がしたくて募集があったので今の会社に。八年になりました。

自分の話は短いと、片瀬が先に簡潔に語る。

じゃあきっと片瀬と自分はほぼ同い年だと正祐は気づいたが、それを口に出せる社交力はなかった。

「俺は色々色々やったんで、なんとか指名がくるようになった頃に色々がやんなってフリーになったんだよね。二度とやりたくないのはプロ野球選手名鑑だな……新規のプロ野球選手名鑑」

ここまでずっと元気だった笹井が、「プロ野球選手名鑑」と口にした途端力を失う。

「プロ野球選手名鑑……」

「プロ野球選手名鑑……」

「プロ野球選手名鑑……」

校正者が不用意に関わりたくないもの、それはまさしくそれであろうと三人はそれ以上何も言葉が出てこなかった。

「毎年出してる出版社はまだいいんだよ。前年のデータに足したり引いたりするから。大人気選手が乱立した頃で、その時勤めてた会社がゼロから出してなあ。監督はもちろん、コーチどころか三軍の選手まで」

野球に疎《うと》い正祐でも、それは膨大な人数の記録になるとはわかる。

「身長体重、球速。特に身長と球速がさ、近いんだよ。微妙に似てるんだよ。バンバン間違えるんだよ。それを球団からきた元資料見ながら最終チェックしろって言われたんだけど、元資料がいやそれ球速じゃなくて身長だよな⁉　って間違いがあって確認し続けて」

「校正者の地獄ですね……」

なんとか声が出た篠田が、他に言い様はなく呟いた。

「他社ではそこ、校正に頼まないって話も聞いてさ。そうだよな、小説や記事じゃないんだからわかるかよって思ったよ」

「おっしゃる通りです……」

頼みの綱の元資料がそもそも間違っているなどと、なんという恐ろしい話だと正祐が震える。

「初めて作ったからわかんなかったんだろうけどね、会社も。野球選手名鑑がもとでそこはやめた。まだ若くて体力あったからいくらでも根詰められて、やベーなって気づいちゃったんだよね」

「それ……僕今まさにです。楽しくてつい」

熱心に仕事をしてしまうと、片瀬が頭を掻《か》く。

「三十だっけ？　仕事ができるようになって体力もあって。無理のしどきかもしれないけど、後払いでどっとくるよ。高額利子付きで」

「ですねえ。やれるようになると楽しくなっちゃうんですよね」

まだ三十代の篠田もどこかで過労を経験したのか、「ダメダメ」と片瀬に手を振った。

「塔野はあれだな。できるようになっても、無茶はしてないな」

体力の話も勉強になると黙って聞いていた正祐に、篠田が水を向けてくれる。

「私は……適正量が変わらない気がしていて。そこは弊社社長が鑑《かんが》みてスケジュールを組んでくれるので助かっています」

「その若さで適正量わかるのは能力だよ。片瀬くんも、倒れたら元もこもないからね。なんかちょっと窶《やつ》れたな言われてみれば！」

隣の片瀬を上から下まで見て笹井は、酒盗ポテトをぐいと押してやった。

「面目《めんぼく》ないです。実はめちゃくちゃやりがいのある仕事が手元に来まして」

「それは張り切るなあ。基本は選べないから、俺たちは」

勤め人である篠田が、それもわかると「鶏レバーポン酢」を追加する。

「どんな仕事？　って訊けないのが我々の辛いとこだな。不都合のない範囲で、どの辺がやりがいがあったのか話せたら話してよ」

「はい。弊社はご存じの通り文芸が中心で。基本は現代ものが多いんですが、本格的な時代物が手元に来まして」

「え？　それたまたま手元に来てやれるもんなの？」

「今までも、時代ものや歴史ものは僕が担当することが多かったんです。国文科なんですが、専攻が近世で。卒論も江戸ものでした」

笹井の素朴な疑問に、遠慮がちに片瀬が自身の来歴を語った。

聞きながら正祐は、息を呑んで確信せざるを得ない。だがだからと言ってそれを口に出すことはもちろん絶対に許されないし、片瀬の話を止める話術も正祐にはない。

「女性が中心の小説で、読み込んでしまい。だからこそ女性の持ち物がとても気になってしまって。ちょうど浮世絵展が来ていたので見に行ったり」

「足を使うっていうのは相当な入れ込みだね」

感心して篠田が、いつの間にか頼んでいた残波《ざんぱ》のお湯割りを呑んだ。

「楽しかったです。篠田さんと塔野さんは専門なので、お恥ずかしい限りですが」

「いや、むしろ作家先生に合わせて専門を持たない方が大変だと思うよ。俺は」

「そうですね……ひたすら時代物の資料を読む日々なので。あれもこれもとなったら私は無理です」

深く考えてこなかったが文芸作品を正祐は申し入れられても断っていて、己の技量を知ってのことだとこの場で気づかされた。

「時代物の女性の持ち物となると華やかだなあ。それは楽しい」

「そう思いました、僕も。けれど段々と、世情を考え始めてしまって。あ、これは調べているうちに個人的に考え出してしまったことです」

作家の作品に踏み入ってはいないと、笹井に答えながら片瀬が手を振る。

恐らくはそれは情人の作品だという躊躇《ためら》いが、正祐にはあった。校正者は女性だと思い込んでいたが、きっと目の前の片瀬だ。

「世情っていうと？」

時代物では訊かずにおれず篠田が尋ねるが、正祐は聞きながらどうしたらいいのかわからない。

「庚申社のお二人にはきっと今更のことです。江戸後期になると古着も増えて、選択肢が広がる中で選べますよね。それは美しいものを纏《まと》うだろうと考えてしまいがちですが」

最初はゆっくりと、けれど自分にとってとても学びたいところなのだろう片瀬は、段々と早口に熱を帯びてくる。

「意外と江戸は封建的ではないと知って。けれどやはり娘は嫁にという風潮は今よりずっと強くはあって、そういう中で聡明に生まれてきたらむしろ地味な着物を着たいのではないかと思ったんです」

その気づきを語る片瀬に、正祐と篠田は一瞬顔を見合わせた。

「それは……そうですね。江戸でも中期なのか後期なのか、年齢や季節に合ってるのかとそこを注視しがちですが」

「嫁に行けと言われる中で結婚したくない娘なら、男に見つからない着物や髪型を選ぶだろうな……いや、恥ずかしいのはこっちだよ片瀬くん。そこは生きた人の視点だ」

歴史校正を専門にしている正祐と篠田は、状況ではなく人の思いに寄り添った着物の誂《あつら》えに感嘆する他なかった。

「人物について考えすぎた結果です。男性は比較的、篠田さんのように粋でなければ選択肢は狭いものですが」

「女性の視点だなあ。どうしても男からは見えにくいところだな。よくそこ気づいたね」

笹井も大きく頷いて、男四人のテーブルで片瀬の考えに感じ入った。

「凄いです」

ほとんど独り言のように、正祐は言った。

その小説は間違いなく東堂《とうどう》大吾のものだ。守秘義務を思って片瀬は作品の内容ではないと言い切ったけれど、大吾の描いた人物が彼に足を使わせたのだろう。

そして一つの違和感に片瀬は気づいた。人として書き込まれながら細部に女性の視点が欠けていると気づいて、けれどそれを言葉にはできずに叶う限りの資料を積み上げげとうとう大吾に思いを伝えられたのだ。

「まだまだだから気づくことが多いんですよ！　やめてくださいよ、そういう空気!!」

三人が感嘆していると知って、片瀬が大きく両手を振る。

優秀で勤勉で、その上片瀬には正祐にはない人と添う力のようなものがある。

「篠田さん……こんな素晴らしい校正者である片瀬さんが何処《どこ》か私に似ているなどと、片瀬さんに失礼です」

何より正祐にはできないことを、片瀬はきっと成し遂げた。

東堂大吾に、真摯《しんし》に女性の視点を考えさせたのだ。

「そうか？　一つのことに熱が入ると集中力が高すぎるところが共通点だぞ。塔野も本当に優秀な校正者なんですよ。ただちょっと社交が苦手で」

笹井と片瀬に、困ったように笑いながら篠田は正祐の話をした。

「質問してもいいですか？　塔野さん。時代物これからも担当することになると思うので勉強したいんです」

「私に答えられるようなことがもし、あれば……」

目の前が暗くなりかけている正祐になんとか見えている片瀬は、細いつるの似合う整った顔立ちをしていた。そのまなざしには、正祐にはない明るさがある。

片瀬は大吾の言っていた校正者だ。

それは自分が拘《こだわ》るべきことではないと、正祐は力を込めて呑み込んだ。

何より片瀬は、校正者としても人としても真摯だ。

「よかったら笹井さんも篠田さんも教えてください。あきらかな歴史考証の間違いではなく、先生の作家性に踏み込んでしまうのではないかという微妙な違和感を校正に書き込む時、どうなさいますか？」

「ビックテーマ来たねー。遠回しにやると初校で『ママイキ』だけ書いて戻す先生いるからね」

手元に鹿児島の焼酎を持って、笹井は大きく頭を垂れた。

「そこはフリーでキャリアが出てきても、はっきり言うのなんか無理無理。作家性は踏めないよ。だから俺は鉛筆で筆圧強めに書いて消しゴムで消す。島美人ロックでー」

空にしたグラスを掲げて、笹井が次を頼む。

「やっぱりそれですか。自分は筆圧は残さないです。ちょっと消し損なった風に」

それは校正者が「伝えたいけど伝えにくい」時にやる一般的な手法で、篠田は親切に薄く読みやすくしかし消したように見せていた。

「僕は細い鉛筆で書いてところどころ消してます」

眼鏡を掛けなおして片瀬が、自分の伝え方を語る。

三人の言い分を聞いて、慣れない焼酎を持ちながら正祐は呆然としていた。

「塔野さんはどうしてるんですか?」

一人答えない正祐に、片瀬が尋ねる。

「あの……私恥ずかしながら、みなさんが同じことをしていると知らずに。それはもう、書いては消し書いては消しと。迷いながらやっています」

「そこは感情使わなくていいよ! 疲れちゃうだろ? テクニカルにやるとこだよ」

大先輩の笹井が、確かに疲れながらやっている正祐の気苦労を吹き飛ばす勢いで言った。

「ものすごく感情的にやってます……どうして、何故、だけど、でも先生のお気持ちも、と」

その時の自分を再現した正祐に、笹井と片瀬が大笑いする。

隣でその暗黒の正祐を見ている篠田だけは笑えずに、「強いのをください」と三岳《みたけ》を頼んでいた。

「そこはでもさ、作品への愛情じゃない？　どうにもならない他人からの」

たくさん経験してきた、少し酒焼けした笹井の声がやさしい。

「本当にそうですね。先生にとって作品は命ですから、大きな敬意があるから強い感情が湧くんですよ。でも確かにそれじゃくたくたになっちゃいますよ、塔野さん」

近しいところがあるのか深く理解を示して、片瀬は正祐を労った。

「感情を置いて、技術的に……考えたことがなかったです。だけどもしそれができたら」

もう少し仕事が進みやすくなるのではと考えた正祐の肩を、篠田が軽く叩く。

「同じ仕事だが、やり方は様々だ。今日初めて聞く話ばかりだろうから、ゆっくり考えたらいいさ」

先走りそうになった自分を、篠田が止めてくれた。

「はい」

次々に食べたことのない鹿児島の料理が運ばれて、校正の話、好きな文学の話が語られる。

何処《どこ》かで正祐は、庵《いおり》のような校正室と隣に信頼できる篠田がいてくれて、それですっかり足りていると思い込んでいた。ひたすら手元の仕事を精進《しょうじん》していればよりよい校正ができると信じていた。

まるで興味のなかった校正者同士の集まりでは、一人ではとても足りない多くの経験が分け合われている。

「酒盗のカルボナーラ、そろそろ頼んでいい？　篠田くん」

「あれ頼んじゃうと終わりですよ」

食べたくてたまらないという笹井に、篠田が肩を竦めた。

「それは」

嫌ですと正祐は言いかけたけれど、その前に笹井はさつま揚げを頼んだ。

こんなやり取りができる場を、正祐は全く知らなかった。けれど人との場がどういうものなのか、知ろうともしなかった自分もよく知っている。

「僕、もう少しお肉頼んでいいですか？」

「なんか珍しいね、片瀬くん。そんなに食べたっけ？」

それなりの長いつきあいなのか、メニューを見ている片瀬に笹井が訊いた。

「やつれたというよりは、いい消耗……昇華、かな。しました」

「あ、さっきの江戸娘の話？」

女性の視点に片瀬が拘ったところに、笹井が戻る。

「勝手な思い込みなんですが。とことん調べながら先生の根幹に触れたような気がしたとき、すごく嬉しくなって」

「そうだなあ。思い込みだけどな。命に関われたような気がするからやめられん」

片瀬と笹井の会話に、篠田は黙って笑っている。

正祐は実のところ、大吾の校正以外で「命に関われた」とまで思い入れることはなかった。

四人の中では、経験も正祐が一番浅い。

自分のことだけでなく、誰か他の人が大吾の命に関わることも想像したことがなかった。

目の前の朗らかで賢明な人がきっと、大吾の命と関わり始めている。

「赤兎馬《せきとば》をロックでお願いします」

いいことも、穏やかではいられないことも。

きっともっと知ろうとせずにいることはあるのだろうと、初めて尽くしの正祐は、初めてそのことをぼんやりと知った。

「塔野さん。お名刺のご連絡先にメールをしたりしてもいいですか?」

不意に片瀬に訊かれて、正祐がすぐに渡された赤兎馬に咽《むせ》る。

「すみません呑んでらっしゃるところに! 時代物の資料を、篠田さんにも塔野さんにもご教示いただけたらと、図々しいお願いですが」

改まって片瀬は、真向かいの正祐とその隣の篠田をまっすぐに見た。

これが本当の不適切だと、正祐が言葉に詰まる。

「もちろん、なんて先輩風を吹かせて俺に答えられない時にはきっと塔野が答えるさ」

珍しく篠田が察しないのは当たり前で、この不適切は告知前情報という巨大な企業倫理が情報漏洩《ろうえい》を阻んでいた。

「私は」

健やかで朗らかで人好きのする、有能で真摯な校正者片瀬は、情人の心を動かしている人だ。情人は、正祐以外の校正者に憔悴《しょうすい》を与えられたのは初めてだと、嬉しそうだった。

その男が口にしていた、回帰不能点という言葉が正祐の心を過る。

「お役に立てるかわかりませんが、連絡してください。片瀬さん」

断る言葉を持っていないと言ったら、嘘になる。

自ら回帰不能点を通り越すことに、不思議と正祐の心には鬱屈のような淀みが生まれなかった。

これが自分の時を生きることだし、情人の時を尊重することだ。

尊重し合うことできっと自分もまた成長できると、正祐は信じた。

夜が本番だと二次会に行く三人を見送って三時間で帰宅した正祐《まさすけ》は、翌日の午前中まるで起き上がれなかった。

「ここまで考えて篠田《しのだ》さんは土曜日にしてくださったのでしょうか……」

暗いマンションの狭い寝室で、カーテンからうっすらと漏れる午後の光を眺める。

「……？」

遠くで何かが振動している気がして、なんとか正祐はベッドから出た。

二次会に行った三人にはきっと普通の時間で、なんなら多くの人はああして人と交わることで翌日起き上がれなくなったりはしないのかもしれない。

とても楽しかったし、大きく何度も心が動いたからこそ、正祐は過去に覚えがないほど疲れた。

その心の動きはきっといいものだったと、知っているつもりだった。

「あ」

居間に置き去りにした携帯が振動して止まった。

「何度も電話をくださっている」

見ると大吾《だいご》から、三度ほど着信があった。

思えば大吾と出会ってしばらくは、正祐は大きな力で振り回されているような気がして会った後にとても疲れた。その時の疲れと今の疲れは少し似ている。

楽しいけれど未知の感情が動いた。筋肉痛のようなものかもしれない。

「もしもし？　すみません寝すぎてしまいました。どうしましたか？　……え？」

部屋の前にいると言われて、正祐はパジャマのまま慌てて玄関に向かった。

「土佐文旦《とさぶんたん》の季節だ。見せたくてな」

師走《しわす》なりのコートを羽織った大吾が、木通《あけび》の籠《かご》に入ったきれいな黄色い土佐文旦を持って立っている。

「ありがとうございます……すみません、電話に気づかなくて」

凝《こ》った拵《あつら》えの籠と土佐文旦の風情《ふぜい》に、正祐は見覚えがあった。

「いや、こちらこそいきなり悪かった。今朝届いて」

届いて、の続きを大吾は言わないが、何故《なぜ》だか機嫌がいい。

「とてもきれいです。こんな格好ですみません。すぐ着替えますから、上がってください」

「まさか眠っているとは思わなかった。徹夜仕事だったのか？」

夏に二週間試し同居をしたのもあるが、もともと正祐を少しでも知る者は昼近くまでパジャマでいるとは想像しない。

「あの」

勝手知ったる居間の青いソファに大吾は向かい、正祐は寝室に戻って目についたセーターとズボンに着替えた。

「先に顔を洗います」

「勝手にきたんだ。急がなくていい」

気が逸《はや》ったのに三回はコールをしてから訪れたのは、大吾にしては気が長く正祐には感じられる。

洗面所で顔を洗いながら、昨日白樺《しらかば》出版の大吾の担当校正者と呑んだことを伝えるべきかどうか正祐は大いに迷った。

こうした経験が何一つないので、何が適切な行いなのか皆目見当もつかない。

「文旦を、わざわざ見せにきてくださったんですか？」

顔を拭いて、茶をいれるために正祐は、あてもないまま台所に立った。

「ああ。喰うか？」

「……とてもいただきたいです。喉《のど》が渇いていました」

薄いきれいな黄色の土佐文旦を見せられて、長時間水分を取っていないと気づく。

焼酎《しょうちゅう》はそもそも控え目に呑んでいたけれど、自分にしてはよく喋ったのもあるのかもしれない。

「茶はいい、文旦を喰おう。洗面所借りるぞ」

大吾の本題は本当に土佐文旦のようで、皮を剝くために手洗い場に向かった。

ガラスの皿を出して、正祐はお手拭きに水を含ませて絞った。

居間のカーテンを全て開け放つと、日曜日の陽ざしが眩い。

やっと落ちついて二人とも青いソファに座ると、大吾が節の太い大きな手で土佐文旦の厚い皮を剝き始めた。

指の力強さに見とれてしまって、正祐がようやく思い出す。

「去年もあなた、土佐文旦を剝いてくださいましたね」

梶井基次郎《かじいもとじろう》の話をした頃だ。

「思い出したか」

愉快そうに大吾は、勢いよく皮を剝いた。

「文句を言った覚えがあるが、毎年この立派な木通の籠に入れて贈ってくれる人がいてな。去年おまえが指に力が入らないと言うんで剝いてやったら」

手を止めて、大吾が正祐を見る。

「そんな顔をしていたと思い出して、気が逸った」

子どものように少年のように、けれど落ちついた声がやさしいことを言った。

「そのあとおまえを散々な気持ちにさせたことも、思い出して」

去年の師走、土佐文旦を大吾の家で食べた夜のことは正祐もよく覚えていた。

「今日は、詫びにきた」

張り合っている昔の恋人の小説を大吾は読めといい、混沌《こんとん》の中に正祐は滑り落ちたのだ。

「散々な師走でした。一年も経ちましたか」

散々だったという割には、正祐の声も穏やかになる。

「一年などあっという間だと毎年この節《せつ》には思うが」

「私もです」

「去年のおまえとのことを思い出すと、それなりの一年を過ごした気がするな」

「私もです」

濃い霧の中にいるようだった去年の暮れを思って、正祐は同じ言葉を繰り返した。

大吾が何を考えているのかまるでわからず、大吾がそういう自分をわかろうとしてくれないことを、正祐は言葉にできなかった。

真冬のウッドデッキで泣いて、胸が冷たいと大吾に訴えた。

——それは。悲しみというんだ、正祐。

水に浸かったようになる思いの名前を、大吾は正祐に教えた。

悲しませた正祐の思いを理解する努力をすると、言ってくれた。

「きれいですね」

美しい房から生まれた瑞々《みずみず》しい粒を見つめながら、一年は本当に長いと正祐がただ驚く。

きっと、大吾は本当にその努力をしてくれた。

「見てないで食え」

そして悲しませたことを思い出して、一年越しの詫びに今日訪れたのだ。

「いただきます」

きれいな黄色の粒を口に入れると、甘酸っぱい水気が口の中に広がって生き返る気持ちがする。

「とてもおいしいです」

「ならよかった。俺は酸《す》っぱいものはそんなには食えん」

去年も大吾はそう言っていた。それで男性は酸に弱いという迷信めいた話をしたことを正祐が思い出す。

昔つきあっていた年上の女性に、散々なことを言われていた。実際にはつきあったことのない従順な女を書いていることを、大吾はあの時明かした。

定型的な女性を描くことは、男性作家には一つの技量なのかもしれない。

けれどももし大吾がその技量を手放そうとしているのなら、正祐にはそれはとても大きなことに感じられた。

「すっきりしてらっしゃいますね」

そろそろ大吾の手元には、校正にてこずっていた白樺出版の本が届く頃だ。

昨日出会った自分ではない校正者が、命に触れられた気がすると、言った。

「そうだな。難産だった小説は、結局三校までやって念校も見た。それはもうすっきりして次の原稿の資料を読んでる」

「何よりです」

片瀬《かたせ》に出会ってしまったことは、今は言うまいと正祐は決めた。

必要のない話だ。清々しくしている大吾を煩《わずら》わせる出来事だったなら、正祐には本意ではない。

それに、昨日正祐は呑み込むと自分で決めた。自分が感情を波立てていいことではないと、それは最初からわかっている。

「念校を見た時に、『銀河鉄道の夜』の生原稿の夢を見た」

「それは随分、いい夢を見られましたね」

嫉妬は呑み込むのには土佐文旦よりずっと酸っぱく、正祐には苦かった。けれどその無理は己を律して、なさなければならないことだ。

「悪夢だ。消そうとしたカムパネルラの父親が残ってそのまま印刷された」

「え?」

すぐには理解できず、正祐は短く尋ね返した。

「そういう事実があるのですか?『銀河鉄道の夜』の第四次稿にカムパネルラの父親が登場す

るのは賢治の消し忘れだと？　聞いたことがありません」

　宮沢賢治の書いた「銀河鉄道の夜」は今のところ第四次稿までが確認されていて、未完とされていた。第三次稿は結末がまるで違い、全てが「ブルカニロ博士」の創り上げた夢だったという物語になっている。

「ブルカニロ博士の方が消し忘れだという説もあるが。父親もブルカニロ博士なんだと俺は解釈している」

「あの場にいるのは、カムパネルラの父親ではないということですか？」

「同一の何かなんだと俺は思うよ。最後に父親が出てきた途端に、突然物語が現実を離れる気がしないか？」

　断定ではなく大吾は、土佐文旦を置いて正祐に同意を求めた。

「もともと現実めいた童話ではありませんが、私は父親だと思っています」

「意見が分かれたな。何故《なぜ》父親だと思う。書いてあるからだとしたら、賢治の消し忘れの可能性は大いにあるぞ」

　そう言われると、書いては消しまた新しく書いた宮沢賢治の手書きの原稿は信用ならない。

「けれど私は、あの人はカムパネルラの父親でしかないと思うんです。読み返してみます」

「待て」

　完全に解釈が分かれて、久しぶりに喧々囂々《けんけんごうごう》となる流れを大吾が止めた。

「篠田さんを誘って、中華屋で宮沢賢治《みやざわけんじ》を語る会をやろう」

以前北口にある中華屋で、大吾と正祐は篠田と宙人《そらと》を交えて、「夏目漱石《なつめそうせき》を語る会」を催した。それは大吾の策略で催された会だったが、結果様々な意見が飛び交って「たまにならいい」と篠田にさえ言わせる時間となった。

「あまり行く機会がないですが、あそこの中華は大好きです」

笑って正祐は、黄色の房を口に入れた。

喧嘩になりそうだと、大吾は思ったのかもしれない。

しかも宮沢賢治の「銀河鉄道の夜」を巡る解釈の大きな違いは、大吾と正祐にとって決してつまらないことではない。

誰かを交える。誰かに同じ場にいて違う言葉を言ってもらうというのは、意味深いことになるだろう。

昨日、正祐がいたのはそういう健やかな場だ。

大吾に告げる必要はない。

一年が経って正祐も、前は知らなかった人との関わりを少しずつ教えられて、そして覚えていた。

「この部屋からだと飛行機雲が見えるな」

ふと大吾が窓の外を見て呟いた言葉が、自分を語ったものだと一瞬、正祐が思い込む。

回帰不能点のことを、無意識に正祐は考えた。

その言葉が頭の中を飛行機のように通って、通り過ぎている不安感が正祐の胸に僅かに過った。

「お断りさせていただく」

師走《しわす》も後半になり、大吾《だいご》にせっつかれて会社で篠田《しのだ》を中華に誘った正祐《まさすけ》には、即答でこの言葉が与えられた。

「夏目漱石《なつめそうせき》の時、たまにならいいとおっしゃったではないですか……」

そんなにばっさり断られては大吾になんと言ったらいいのかわからないと、正祐が鉛筆を止めて小さく呟く。

「そんな悲し気な声を出されても返答は同じだ。宮沢賢治《みやざわけんじ》だろう？　宮沢賢治は……ああ、そうだ。あの時伊集院《いじゅういん》先生がいたじゃないか」

半色《はしたいろ》が入ったきれいなつるを耳に掛けなおして、なんとか篠田は宮沢賢治の会から逃れようとした。

「伊集院先生をお呼びして、篠田さんは欠席ですか？」

「伊集院先生は最近、素晴らしい文学者をパートナーに持たれたな。その方もいらっしゃるなら自分も参加するよ」

どうにかして逃れたい篠田が、苦しい条件付けを思いつく。

「白洲《しらす》先生がいらっしゃるとはとても思えません。でも、そうですね。宮沢賢治を語るなら、よくよく考えたら私もできるだけ密度を薄くしたい気がします」

そうした分け方をしていいのか正祐自身悩んだが、宮沢賢治の寓話には聖書に近い感覚があった。

大吾も正祐と二人きりでの対話を避けた。宮沢賢治は危うい存在だ。

「東堂《とうどう》先生にそのようにお伝えしてみます」

ならばこの会は流れるだろうと、この時は二人ともが思った。

クリスマスの白洲絵一《えいち》に、どんな感情が湧き起こるのかは正祐も篠田も知る由《よし》もない。

「そういえば、この間片瀬《かたせ》くんからおまえに礼を言付かったよ。国会図書館にしかない資料一覧を、まとめてやったんだって？」

「もともとまとめてあったものをお渡ししただけです」

「だが」

言いかけて、その先は言えずに篠田は黙った。

続く懸念《けねん》には、珍しく正祐は気づいていた。

何故《なぜ》なら白樺《しらかば》出版の東堂大吾の新作が書影まで出て、篠田は担当校正者が片瀬だと気づいたのだろう。

「これは、本当に素直な気持ちです。篠田さんに片瀬さんと笹井《ささい》さんに会わせていただいて、心から感謝しています。片瀬さんとのメールのやり取りは、とても楽しいです」

嘘のない言葉を、篠田の不安のために正祐は渡した。

「ならいいが」

「ご存じかどうかわかりませんが、私は校正者としては陰鬱《いんうつ》とした性質を持っているようです」

「そ……」

それは大変よく存じていると篠田が言いかけたことに、残念ながら正祐は気づかない。

校正と向き合いながら時に陰惨な空気を発していることについては、全くの無自覚だった。

「篠田さん。聞き流していただきたいのですが」

「言っただろ？　この校正室なら何を言ってもいいさ。出たら俺は忘れられなくとも口は噤《つぐ》む」

いつもの台詞《セリフ》を、篠田がくれる。

「自分が担当したかったと強く思う作品は、あります」

大吾が大塩平八郎《おおしおへいはちろう》の小説を書いた時にも、正祐は篠田にそう言った。

けれどあの時はもっと朗《ほが》らかな、できないことを羨んでいる幼い言葉だったと覚えている。

「健やかな気持ちではなかったです。最初は」

その時と今回はあきらかに違った。大塩平八郎の本を担当した慶本《きょうもと》は大ベテランだ。そして大吾は今回新しい担当校正者と、正祐と向き合うのと同じ感情を持っている。

正祐が大切な祖父の形見のソファに鞄を投げつけたのは、先月のことだ。

「私、片瀬さんに会えてよかったです」

だからこそ正祐は、片瀬と会って話せたことを篠田に感謝していた。

文字から与えられることを、正祐はとても大切にしている。それは今も変わりない。文字が正祐の人生を満たしてくれている。

満たされることが、以前より増えた。

嫉妬した校正者に会えたことで、健やかな場所にきれいな文字が埋められていた。

「またくるか？　呑み会」

「あの、とても楽しくて。本当に夢のような時間だったのですが」

不意に篠田に誘われて、正祐が慌てふためく。

「次は……せいぜい三か月後かな」

夢のような楽しい時間は正祐には長く続く宿酔《ふつかよ》いのようなものだと、篠田は理解した。

「季節に一度は大変ありがたいです。いまだにあの日聞かせていただいたことを咀嚼《そしゃく》しているところですから」

楽しいけれど、頻繁《ひんぱん》には無理だ。

人と集うのは正祐には三十になるまで全くしてこなかったことで、準備運動も筋力もない。

情人と添うということも自分には準備のないことのはずだと思ったけれど、大吾との時間があったからこそ篠田が他者と引き合わせてくれた気がした。

大吾といることで、正祐は他者との時間を覚えている。

「咀嚼中なんだと思うが、一つ同僚からアドバイスしてもいいか?」

ふと、止まっている正祐の鉛筆を篠田は見た。

「もちろんです」

「感情的に書いて消して、書いて消したらいいよ。おまえは」

——そこは感情使わなくていいよ! 疲れちゃうだろ? テクニカルにやるとこだよ。

笹井の言葉を聞いて、正祐が鉛筆に迷っていることに篠田は気づいている。

「笹井さんは、量もこなすし。キャリアは俺たちの十年先だ。十年後にテクニカルにやれるようになったらやればいいし」

それはそれだと、篠田は眼鏡を掛け直した。

「感情的なおまえの思いは、先生方にまっすぐ伝わることもあると、俺は思うよ」

ゆっくり、丁寧に篠田は言葉を選んでくれた。

その分正祐にも、染み入るように聴こえる。

「ありがとうございます」

小さく笑んで、正祐は篠田に深く頭を下げた。

鉛筆が持つ思いは、篠田が言う通りきっと誰かに伝わることもある。

自分ではない人の思いが情人に伝わったように。


誰の上にも忙しい師走《しわす》は強い馬力で走り出し、その中でも正祐《まさすけ》は幾度か片瀬《かたせ》と密度の濃いメールのやり取りをして、そして。

年の瀬に白樺《しらかば》出版から発行された東堂大吾《とうどうだいご》の最新作を読んで、新年を迎えた。

「正月、実家で何してた」

まだ庚申社《こうしんしゃ》は正月休みだが鳥八《とりはち》が開いているので行こうと大吾に誘われて、夕方正祐は情人の家にいた。

明日も休みなので泊まることにして、鳥八が開くのに少し間があるので寄ったのだ。

「あなたの本を読んで過ごしていました」

「それは最高の台詞《セリフ》だな」

西荻窪松庵《にしおぎくぼしょうあん》にある古い一軒家の一階で、居間の紫檀《したん》の座卓に珍しく茶を二つ大吾が出した。

正月、松の内というつもりなのかもしれない。

大吾を育てた祖父が好んだという良寛《りょうかん》の言葉の下に、小ぶりの梅の花が飾られていた。

「ロマン的な要素は含んでおりません。堪能いたしました」

何も考えずに読みたいと思いながら、実のところ最初の頁をめくるのに正祐は躊躇《ためら》った。片瀬の仕事と大吾の信頼を知ってもし邪心が生まれたらと、自分を疑った。

結果、読み始めたらただ夢中で読んだ。

「もう少し細かに感想をお伝えさせてください。正直、今まで女性を封建的な目線から描いてきた東堂大吾作品からは懸け離れた人の機微に、深く感じ入りました」

告げた通り、過去の東堂大吾作品と今作には大きな違いがあった。女性が、男にとっての女性としての役割を離れて、自らの目線を以て彼女たちの時をしっかりと生きていたのだ。

「おまえのおかげもある。麗子《れいこ》の着物の話はなるほどと思った」

きっと、嘘ではないのだろう気持ちを、茶を飲みながら大吾が語る。

「そうしたことは、おっしゃらないでください」

反射で、正祐は少し硬い声を出してしまった。

「あの本の中には、確かな女性の……人の視点があって。それは作家東堂大吾に新しい力を持たせました」

その本を校正した片瀬と、長文のメールを正祐は何度もやり取りしている。

この作品は最初からシリーズ化を予定していると大吾自身が言っていた。

「その視点をあなたに渡したのは、私ではないです。力を尽くした方を称《たた》えてください」

長期的な展望を見据えて、片瀬が時代物の資料を熱心に読んでいることを正祐は知ってしまっている。

何より、今まで正祐は大吾の小説に登場する定型的な女性像に大いなる不満を持つことはあっても、女性の視点を持たせることなどできなかったし、考えたこともなかった。

「参ったな」

何に対してか、大吾が負けたように苦笑する。

「実際そうなんだ。女性なんだろうな、白樺の校正者は。また同じ人に頼めるといいんだが」

誰なのかもわからないと、大吾は肩を竦《すく》めた。

「男というのは、昔も今も基本は優位な性だ。優位じゃない性の懸命さを描きたいと思いはしたが」

それは老舗《しにせ》である白樺出版だからこそ話し合えた新境地なのかもしれないと、一読者として聴きながら正祐が想像する。

「軽く考えて挑んだわけじゃないが、全く簡単じゃあなかった」

いつでも自分の作品に胸を張る大吾から、似合わない言葉が聞かされた。

その簡単ではなさと、優位ではない人を描いたことは、一致している。

「簡単に書かなったことは、あの本にとってとても大切なことだったと。一人の読者である私には感じられる言葉です」

静かに告げた正祐に、大吾も静かに笑った。

「なんだか、おまえの様子が違うな」

疑いとは違う声音《こわね》だったので、正祐は慌てはしなかった。

「どんな風に違いますか?」

「俺は書きたいときに書きたいものを書くし、その時他人のことなんぞ知ったこっちゃないのが常だったが」

「本当にそうですね……」

そもそも出会いは、大吾が大人気シリーズの登場人物を十五巻で死なせたことにたいして傲《ごう》慢《まん》な口をきいたので、鳥八のカウンターで正祐がつい突っかかってしまったのだ。

「しみじみ言うなよ」

当の大人気シリーズ「寺子屋あやまり役宗方清庵《むなかたせいあん》」の担当校正者であることを隠して、感情でものを言った。もう三年も前の春彼岸《はるひがん》のことだ。

「白樺の新シリーズを始めることを決めて、なんとはなしにおまえの反応が気に掛かった」

素直な言葉を渡されて、正祐は心臓が高く鳴った。

正祐の方では、自分がそんな風に思ってはいけないと言い聞かせながら、気に掛かったし嫉妬もした。

更には今、ひょんなことから大吾が新たに信頼を置いた校正者の片瀬と交流が続いている。

「犀星社《さいせいしゃ》には、フライングだったがこの話はきちんとした。筋だと思ってな」

「喜んでくださったでしょう」

「よくわかったな？　俺は少し緊張したぞ、柄にもなく。最近伏せっていた谷川《たにがわ》編集長が、張り切ってくれた。まだまだ新しいことを考えるってな」

犀星社を取り仕切っている谷川が入退院を繰り返しているのは、取引先に務めている正祐も聞いていた。年齢的にも深刻な様子で、谷川が育ててきた多くの作家や校正者が皆案じている。

「気つけですね」

「ああ、そうだな。いい気つけになったならいい。何度でも恩返しがしたい人だ」

やわらかな大吾の物言いも、谷川の加減の悪さを教えていた。

「一度病室に花を贈ったら、病人扱いするなと後から怒られたよ」

しんみりした空気をすぐに祓《はら》って、そういう気性の人だと大吾が笑う。

見舞いをする立場ではないけれど健やかでいてほしいと谷川と花を思った正祐の視界に、ふと掛け軸の下の梅の花が映った。

あの花は、正祐の気に掛かる。今まで大吾の部屋で見たことのない静かな花型《かけい》だったからだ。季節や節気に合わせて、この床の間に花が飾られることはなくはない。だが一輪挿しに飾られた紅梅は、誰か、描いた人物の目線に立って活けられたように見えた。

美しいものを飾る、装う時人は、正祐が知る以上に多くのことを思う。

——気取り過ぎていないかというところが家を出る時に一番考え込むところだ。

いつもより凝った合わせをしていた篠田《しのだ》が、らしくない言葉で正祐を驚かせた。

丁寧に大吾に梅を活けさせたのはきっと、正祐は手伝えなかった新しい視界からのことだ。

「後は何を読んだ。正月」

いつもの調子で大吾は、正祐に読書のことを尋ねた。

「芥川《あくたがわ》全集を読みました」

梅に見入っていた正祐が、慌てて答える。

「『奉教人の死』か」

正祐の一番好きな小説の題を、大吾は声にした。

「今回は、保吉《やすきち》ものを中心に。『トロッコ』は、十回ではきかないほど読みました」

「随分気に入ったものだな」

「回帰不能点の話だとおっしゃっていたではないですか。それがなんだか心に掛かって」

年の瀬に書店で買った大吾の新刊を、正月に三度、正祐は読んだ。

三度目にはどうしても、片瀬の思いや、メールに書かれていた熱心さが浮かんでしまった。

「何を通り越した」

言葉にしたことはちゃんと覚えていて、大吾は訊いた。

「いいえ。通り越しはしないです」

嘘ではなかった。

故意に片瀬に近づいたわけではない。問いかけの多い片瀬のメールについ正祐は手を抜かず返信をしてしまうが、そこには私情はないと自分を信じる。

「それは頼もしいな」

言葉通りに、大吾は笑った。

——もう喧嘩はよしましょう。

ふと、自分の声が正祐の耳に帰った。

立冬《りっとう》だったので二月前のことだが、驚いたことに本当に大吾と喧嘩らしい喧嘩をしていない。

「だといいのですが。いえ」

正祐には、秘密も、鬱屈《うっくつ》もあった。

「トロッコ」を繰り返し読んだのは、結末まで行くとまた回想に戻るような気持ちになったからだった。二十六歳の主人公の明日はまるで見通せないので、八歳に戻る。

八歳の少年は、もっと遠くまで行けることをまるで知らずに泣いていた。

「そうありたいです」

それは暗澹《あんたん》としている二十六歳の青年も、もしかしたら自分も同じなのではないかと、何度も読むうちに正祐はふっと、「トロッコ」の外に出た。


「堀川保吉《ほりかわやすきち》の考えが芥川《あくたがわ》の考えなのかと思うと、芥川は随分と人が悪いように思います」

まとめて読むと保吉はなかなかに入り組んだ人物だったと、新年最初の鳥八《とりはち》のカウンターで正祐《まさすけ》は芥川の話を続けた。

「はい。松の内のお通し」

昨年も出してくれた、黒豆がきれいに光る小鉢や、いくらと大根おろしを細工した柚子の皮に盛った正月用の皿を百田《ももた》は並べてくれた。

「毎年これが正月の一番の楽しみだ。筍《たけのこ》と木の芽の炊き合わせは健在だな。鰹節《かつおぶし》が旨《うま》そうだ」

カウンターに身を乗り出して、大吾《だいご》が大きく笑う。

「煮凝《にこご》りの中は雲丹《うに》でしたね」

美しくおいしそうで嬉しいのもあるが、去年と同じ正月をここで迎えられた喜びも今の正祐には一入《ひとしお》だった。

育っていくものも動いていくものもあれば、変わらないものもある。

「お酒はもしかして」

去年と同じ皿は、驚くほど正祐の気持ちをなだらかにしてくれる安寧だった。

「そうだな」

百田への年始の挨拶が済んでいる二人が、目でその酒はあるかと尋ねる。

「用意しているよ」

酒の名は言わずに、百田が冷蔵庫から飛露喜愛山《ひろきあいやま》の一升瓶を取り出した。それも正月ならではの、この店の取って置きだ。

同じお通しが行き渡っている店内から、我も我もと手が上がった。

「順番に回るから」

一声かけて、百田が口の広いきれいな片口に惜しみなく飛露喜を注いでくれる。

「ゆっくりやっておくれ」

「まだ正月なのに忙しいな」

店内に酒を運んでいった百田を見送って、しばし無言で大吾と正祐は酒と皿の上の特別なつまみを食《は》んだ。

「今年は数の子がまた……わずかに出汁《だし》の味がしてもう」

「ちびちびやりたいが、あっという間に食っちまう」

ゆっくりと言われてもそこはまだ三十代の男二人で、つきだしの皿の上の上品な小鉢はどんどん空いてしまう。

「保吉ものは、時を置いてもう一度読んでみろ」

酒とつまみで中断した話に、大吾はちゃんと戻った。

「変わりますか？」

「あれは、こっちの腹を立てにきてるんだと俺は思うよ。芥川は賢い。人の弱さ、ろくでもなさ、醜さもついてくる。差別意識も煽る」

「全てがわざとだと、あなたは思うのですか？」

尋ねた正祐に、「わからん」と大吾が笑う。

「よく読むと、両方が書いてある気がする。それこそ女を値踏みして、もう女ではなく母だと決めつけるのは時代のようでもあるが。そういう自分が阿呆だと、芥川は知っていて人に見せているように俺は感じる」

「露悪的だとは感じません。罰しているようにも見えないです」

そこまで言って、正祐は大吾の言いたいことが見えた気がした。

「時々、突然鏡を見せられたような嫌な思いがします」

「人は同じだと言ってくれているのかもしれないし、自分はこうした者だと淡々と名乗っているようにも思えるし。……死なずにいてくれたなら、救いの文学になっただろうにな」

三十五歳で、芥川は自死を選んだ。

思えば情人はその年齢に近く、正祐も後数年で芥川の享年になる。

「もったいないですね」

「素直な言葉だ。俺もそう思うよ」

穏やかに二人で、ただ頷いた。

つまみの旨さに誘われて、ゆっくり遣《や》りたい愛山も空いてしまう。

「品書きが少し変わったな？」

一升瓶を空にして戻ってきた百田を待っていた大吾は、何か酒とつまみをと言おうとして以前とは違う品書きが置いてあることに気づいた。

「ああ、少し減らしたんだ。おでんはどうだい？」

「初めてじゃないか？」

「食べたいです」

百田の出してくれるものに是非《ぜひ》などなく、大吾と正祐でおでんを待つ。

言われて初めて気づいたが、厨房に見慣れない仕切りのあるおでん用の四角い鍋があった。

「自分用にはよく作るんだが、お客さんに出すのは初めてなんだよ」

「冬のおでんはいいな。一人で食べてたのか」

憎まれ口のように、大吾が笑う。

新しく選ばれた黒い厚手の器に、大根、蒟蒻《こんにゃく》、鰯《いわし》のつみれ、蛸《たこ》の足、ちくわぶ、昆布と二つずつ丁寧に入れて、辛子《からし》を添えて百田はカウンターにことりと置いた。

「体が温まりますね」

「出汁の色がきれいだな」

鳥八で初めて出されたおでんに珍しく見入って、正祐と大吾はまず大根を口に入れた。

「……あつっ。お出汁がとてもよく沁みています」

「旨いもんだな。酒は何がいいかな、これは」

さて次はどの具にしようと目で選びながら、二人しておでんを楽しむ。

「おいしいかい」

何か、百田らしくない頼りない感情が覗く声が聴こえた。

「ああ。蔵太鼓《くらだいこ》を合わせようか」

「そうですね。辛口が合います」

「ならよかった」

短く言って百田が、蔵太鼓の一升瓶を冷蔵庫から出しておでんの器と一緒に揃えたと思《おぼ》しき黒い片口に注ぐ。

何か百田の様子が違うことに大吾も正祐も気づいて、黙って酒を待った。

「……焼き物を焼いて、生ものを捌《さば》いて仕込んで、野菜を炊いて。全部はもうできないと思ってね。おでんをやってみるかと」

そこは諦めなのだと、ふと百田が二人に教える。

「前は自分の仕事が一つでも儘《まま》ならなくなったら、店なんか閉めちまおうと思ってたんだが。往生際《おうじょうぎわ》が悪いもんだ」

苦笑して、言葉通りの弱さを僅かに見せて、百田は片口をカウンターに置いた。

「おやじ。おでんは沁みるし」

その片口からぐい呑みに酒を移すくらいの時間は、大吾にも必要だった。

「ここの常連はみんな、おやじのクソガキみたいなもんだろ。旨いもん食わしてもらって、誰も文句なんかないよ。ただの一つもだ」

壮年の男たちが楽しくやっている正月の店内を見回して、若輩の自分から言える精一杯を大吾が告げる。

「クソガキか。ちょっと多すぎるねえ。とうも立ってるよ」

笑って、百田は他の席にもおでんを始めたことを告げに言った。

正祐には何も言えることが見つからない。

ちくわぶを食んで、正祐はなんとか口元を強く噛み締めた。

「本当においしいです」

誰にともなく、笑って呟く。

「保吉ものの中でも酷《ひど》かったのは『あばばばば』です」

元の話に戻って、正祐にしては大仰な「酷かった」という言葉を選んだ。

「おまえ、よくそのタイトルを淡々と言えるもんだよ。あのタイトルを持ってくるところには、確かに人の悪さは感じるな」

感心半分呆れて、大吾も蔵太鼓を遣る。

「人は悪いとは思いますよ。芥川は」

「厳しいな」

「人は悪いけれど、悪人ではないのかもしれません」

芥川の保吉ものの話に、正祐は懸命に興じた。


まだ東京に人が戻り切らない松の内の夜道は、人気がなく暗く感じられた。

いつもより早く鳥八《とりはち》を出て松庵《しょうあん》に差し掛かっても無言で、二人は大吾《だいご》の家に帰った。

「泣いていいぞ、正祐《まさすけ》」

月が細いのに外の灯りを頼りに居間の窓辺に座った大吾に言われて、ずっと自分が歯を食いしばっていたと正祐が気づく。

「……そんな」

泣くようなことはと言おうとした途端、張っていた気が緩んで声が掠《かす》れた。堪《こら》えていたと知っていた涙が、どうしようもなく目の端に滲んだ。

「すみません。こんな……百田《ももた》さんにも本当に」

絶対に鳥八の中で変わった様子を見せるまいと、おでんの話を聞いた後、不自然に正祐は陽気に努めた。

「仕方ない。俺も自分のじいさんのことを考えたし。仮にじいさんのことがなかったとしても」

大吾も正祐も、いつからあるのかわからない鳥八の世話になって五年以上になる。

百田は客との距離は絶妙だ。近からず遠からずで、二人は百田の個人的なことはほとんど知らない。

けれど自分たちが知っている百田が、目の前で老いていく。

「おでん、旨《うま》かったな。一つ二つ儘《まま》ならなくなったからって、潔《いさぎよ》く店を閉めるような頑固者じゃなくて何よりだ」

「……っ……」

正祐の若輩では耐えられない心細さと悲しさを、大吾が抱いてくれた。

「頼もしい年寄りだよ。見習おう、俺たちも」

「あなた、絶対に見習ってくださいね」

静かに抱いてくれた大吾の胸で、泣いて正祐が言う。

「だが、未知の領域だな。見習おうと言ったが、今はまだできる気がしない。体が動かなくなることを想像するのは、俺には難しい」

「それは、私もです」

言葉と理屈では、二人とも老いを知ってはいた。

けれど特に不自由も痛みもない三十代の肉体で、何かできなくなるほど体がきかなくなることを、自分のこととして想像するのは無理だ。

「初めてあの店に行った頃のおやじは、家で作ってるおでんを店で出すなら本当に閉めた気がするよ」

人当たりはやわらかいが、料理に対して百田に頑固なところがあるのは少し店に通えば誰にでもわかることだった。

出汁《だし》の味は揺らがないし、素材もごまかさない。

必要なほどさえ、自分の話を打ち明けない。

「人はいくつになっても変われるもんなんだな」

自分を語らない店主が、おでんを出すと決めた老いを話してくれた。

「俺は、もし鋭いものが書けなくなったとしても芥川《あくたがわ》には生きて書き続けてほしかった」

大きな鍋でまとめて作れるものを品書きに入れた百田のことを、大吾が芥川の生死に準《なぞら》える。

「私もです」

おでんでもどんなものでもと言うのは過ぎていると、正祐は言葉を止めた。

百田とともに、これからも鳥八は変わるかもしれない。ずっと同じようにそこに在ってほしいと願うのは、時に人を追い詰めるとも知る。

大吾もそうだ。新刊は大きな飛躍だった。東堂《とうどう》大吾が変われば、今自分を抱いている男も変わる。

傍らにあるならば、情人の変化も飛躍も新しい視点も、正祐は黙って受け止めたい。

「以前」

けれど正祐の口から、心とは全く裏腹な言葉が出ようとしていた。

「私を専属にすることもお考えくださっていると、おっしゃったのを覚えていますか？」

ずっと、浅瀬の静かで緩やかな水の中に、ぼんやりと立っているような人生だった。正祐には時間とはそういうものだった。

「会社を辞めて、俺だけの校正をするという意味か？」

浅瀬の水が流れていることは知っていたつもりでも、その流れの速さに景色が全て変わってしまう不安が突然破裂した。

「そうです」

不安を、正祐は抑えていた。大吾は新境地を開拓して、今まで自分としていたやり取りを全くの他者としている。正祐はその他者と交わり、人と関わり、そうして一点を見つめているような浅瀬から流れとともに広い海に泳いでいく。

押し流されているとも言える。

濡れた正祐の頰を、大吾は指先で撫でた。

耐えていた心細さにとうとう負けてしまった正祐の瞳を、じっと見つめた。

「それもまた、俺たちが添い遂げるという意味合いを持つ。或いはいつかはと思っていたことだ」

閉じ込めていた鬱屈《うっくつ》を結局開いてしまって、咎《とが》められる希《のぞ》みを乞うたと正祐は恥じているのに、大吾の声は穏やかだった。

「おまえがもし、全てが俺に与えられるもので足りると本当に思えるなら。考えよう」

この先のことを、大吾が正祐に委《ゆだ》ねる。

ずっとこの痛みに堪えていたと、噴き出したからこそ正祐は知った。変化に耐えられない、静を望む心はもともと正祐の芯の部分だ。正祐の根幹だ。

我慢をしなくていいと大吾が言ってくれるのならそれに甘えたいと、今はただ頼る男の胸に正祐は縋《すが》った。

乾かない正祐の頰を、大吾が撫でる。

慰めのようにゆっくりと口づけられて、正祐は何もかもを大吾に預けようとした。

「少し落ち着いたら、ゆっくり風呂であったまって眠れ」

与えられた言葉の意味がわからず、闇夜に大吾を見上げる。

「今日はやめておこう」

閨《ねや》のことを、大吾は言った。

それは、正祐には不足だった。

今この時大吾に抱いて欲しい。身の内に入り込んで、肌の距離を全て埋めてほしい。

ずっとそうして添うていくのだということも考えられないほど、肌を熱で埋めてほしかった。

求めようとして、正祐が目を閉じる。

髪を撫でている男の手が覚えがないほどやさしくて、それで充分に足りるとも、思えた。


本当にそうするのなら迷惑を掛けない頃合いを見て庚申社《こうしんしゃ》に相談しなくてはならないと、正《まさ》祐《すけ》は大吾《だいご》に言われた。

辞表を出す日が決まったら己の仕事先にも校正者を専任で雇うと告げると、大吾の指示は具体的で粛々《しゅくしゅく》としている。

「藪入《やぶい》りですね」

丁度、奉公人が正月休みを取る謂《い》われだという説がある藪入り、一月十六日だと気づいて、正祐は庚申社の二階校正室で大きく息を吐いた。

指示を渡されてから十日、大吾から連絡はない。縋《すが》った晩には呆れた様子はまるで見えなかったけれど、喜んでいるとも見えなかったと正祐は覚えている。

「校正か？」

隣のデスクで篠田《しのだ》が、きれいな瑠璃《るり》色が入ったつるを耳に直した。

「あ、いえ」

宿下がりのことを考えていたとは言えずに、短く答える。

「今日辺りか、藪入り。職業病だな」

笑って、篠田は壁に掛けてある暦を見た。

歴史校正会社に相応《ふさわ》しく、その暦には季語と、旧暦、節季、月暦までも書き込まれている。

「今の正月に実家に帰る習慣があるのは、藪入りの習慣が残ったって説があるな。そういえば」

まだ年が明けて半月しか経っていないので、篠田も正月気分は多少残っているようだ。

「言われれば、残った方が様々片付く中でも、無理やり帰るようなところがありますね」

毎年正祐は白金《しろかね》の実家に帰るが、歳とともに滞在する日は一日二日と少なくなっていた。芸事をする家族の仕事柄、正祐しかいない時間さえあるのに習慣で帰ってしまう。

「『やぶ入の寝るや一人の親の側』って歳でもないしな」

ふと篠田が口にした俳句は、江戸中期の俳人炭太祇《たんたいぎ》のものだ。

藪入りに久しぶりに帰った実家で、子どもが親のそばで眠る。歳でもなしと篠田が言った通り、奉公人はきっとまだ少年だろう。

「藪入りは、家の父の入りとも書きますが。この一人の親は母親でしょうね」

少年が甘えて傍に眠るのなら母親に違いないと、正祐はその様を想像した。

「どっちだろうな」

「篠田さんは父親だと思われますか?」

「それはわからないが」

わからないと言いながら、篠田は自分なりの想像がある横顔をしている。

やぶ入の寝るや一人の親の側。

出来過ぎていてつまらないと言われることも多い太祇の句の中では、よく出来ていながら切ない。久しぶりに耳で聴いて句の素晴らしさを知り、篠田はこの句が好きなのかもしれないと正祐は思った。

好きで、篠田なりの解釈があるなら是非とも聴きたい。いつもならすぐに尋ねる。

「篠田さん」

けれど尋ねず、無意識に正祐が呟く。

「どうした」

声の深刻さに気づいて、篠田はまっすぐ訊き返してくれた。

一人の作家の専属になるということは、この校正室を去るということだ。閉じ込めていた不安が噴き出したのに負けて安寧《あんねい》を求めた正祐は、冷静に今後を伝えた大吾のようにそれをわかっていなかった。

「この句の篠田さんの解釈を教えてください」

庚申社を辞めるつもりでいる。

それは、正祐の喉元に一文字も上がらない言葉だった。

「解釈なんてもんじゃないよ。丁稚《でっち》の少年だと解釈されることが多いので、歳でもなしと今言ったが。俺は逆の情景を思い浮かべる」

何故《なぜ》その光景が浮かぶのかは、篠田は語ろうとしない。

「藪入りに帰るのは、年季の入った奉公人も同じだ。所帯を持とうかという頃に、田舎の農家に帰る。母はもう亡く、畑から炊事から全部父親がやるのを目《ま》の当たりにする」

家の中のことは家内、女がやるのが当たり前だった時代には考えられないことだ。

「どうすることもできず、一人の親の側で天井を見るような思いがする句だよ」

言葉が出ずに、篠田が語った暗い天井を正祐も見上げる。

見たばかりの百田《ももた》の老いと重なって、不意打ちで涙が滲みかけた。

「……どうして、どうすることもできないのですか?」

そんな切ない景色を語られては、何かすべがあるはずだと正祐は言いたくなる。

「太祇が俳号を持ったのが四十の頃で、以前のことは俺はわからないから。そういう想像をするのもある」

人の事を読む太祇の出自には諸説あった。与謝蕪村《よさぶそん》の友ということ以外、存在感は薄い。

「それなりに年齢のいった父と息子だと思うと、それでも父は畑も田舎も離れず自分の暮らしをしたいだろう。息子は自分の仕事を覚えて、奉公先に自分の生きる道がある」

こうして隣に居ながら正祐は、篠田の家族の話をほとんど聞いたことがないと気づいた。

「親子といえど別々の命だ。どうすることもできないよ。藪入りに、眠れず天井を見るだけだ」

物語のようなのに、この句の詠《よ》まれた背景がその通りでしかないように正祐にも思えてしまう。

「好きな句なんだ。藪入りだと聞いたらつい出てきた。前にそんな想像をしただけだ。湿っぽい話になったな、すまん」

太祇の句につい熱くなったと、篠田はもうすっかりいつもの朗らかさだ。

この句をそう解釈した篠田の時間は、正祐にはまるで計れない。

けれど繰り返し篠田にはただ教えられていた。言葉にはいくつもの道筋があり、人にも言葉のようにいくつもの道筋がある。

「別々の命、ですね。誰もが」

親子なら余計、ともに在る時間は短く、連れ添うのは伴侶の方だ。

——それもまた、俺たちが添い遂げるという意味合いを持つ。或いはいつかはと思っていたことだ。

添い遂げるという言葉を、大吾は使った。いつかはと思っていことを、明かしてくれた。

不意に、二階校正室のドアが二度、ゆっくりとノックされた。

この丁寧さは社長の小笠原欣哉《おがさわらきんや》だと、正祐も篠田も音でわかる。

「いいかね」

どうぞと言う前に、静かにドアが開いた。

小笠原は大御所作家を何人かまだ担当していて、会社の実務は長女の艶子《つやこ》にほとんど任せている。できる範囲のことをする、懸命な好々爺《こうこうや》だ。

「はい」

「どうしました、社長」

「そのままでいいよ」

腰を浮かそうとした二人に、小笠原は大きな手を振る。

それでも白髪の社長が立っているので気まずく、正祐も篠田も椅子ごと小笠原に向き合った。

「はい、篠田くん。塔野《とうの》くん」

説明なく、小笠原が小さな硬い手提げ袋を二人にそれぞれ渡す。色は篠田が青、正祐が緑だった。

「なんですか?」

中身の想像はつかず、篠田が先に小笠原に尋ねる。

「開けてみて」

人好きのする鷹揚な笑顔で言われて、正祐は篠田と一度顔を見合わせてから手提げ袋の中身に手を掛けた。

厚い布に包まれたものを取り出すと、ベルベットが張られたケースが出てくる。

横長のケースを開けると、それぞれ随分とものよさそうな万年筆が入っていた。

「ある先生から、形見分け。あ、生きてる生きてる。生前贈与だね。万年筆のコレクションをしてらっしゃるんだが、使われないのをもったいないと思うようになったそうで。だからどれも一度もインクを通っていないものだよ」

万年筆は一度使ってしまうとインクが渇いて、長く置くと最悪の場合使えなくなる。

そういう心配はないと小笠原は説明したが、正祐も篠田も「はい」と受け取れるものではなかった。

「あの、自分がいただいた万年筆……アウロラのオプティマブルーです。いつかと思っていたので価値は知っています。いただけませんよ」

篠田の手の中には、篠田の眼鏡に誂《あつら》えたようにきれいな青い同軸の万年筆があって、縁の金の細工も誰の目にも見事だ。

「なんとね、これは名指しじゃないんだよ。いつも色合わせや装束に細かく気づいてくれる、洒落者《しゃれもの》の校正者に。緻密な自作の年表心から感謝している、とね。篠田くんのことだろう？」

愉快そうに小笠原は、作家の名前を明かさずに告げた。

「篠田さんにはそのブルーはとてもお似合いです。けれど私はいただけません」

よく見ると正祐の手の中にある万年筆はキャップに一つ星があって、万年筆ブランドとしては高名なモンブランだとわかる。

相場はよく知らないが、正祐には手が出るものではなかった。

「それはね、神経質な楷書体の細い字を書く筆圧の高い校正者に。消しゴムで消された文字を読むのが、いつもとても嬉しく」

伝言された言葉を、ゆっくりと小笠原が綴《つづ》る。

「作品のためだと感じ入って眺めているけれど、指を痛めないように同軸の太い滑らかなモンブランにしたそうだよ」

渡された言葉を、正祐も、篠田も声なく聴いた。

「どなたですか？」

遠慮がちに、篠田が尋ねる。

「気を遣《つか》われたくないから死んでから明かすように言われてる。気づくかもしれないが、そこは作法のようなものだと思って胸に留めなさい」

やわらかな小笠原の声が、いつも以上にやさしかった。

「上の二人にも、預かっている。一人一人の性質に間違いはない。私にとっても、こんなに誇らしいことはないないねえ」

自慢の校正者たちだと、小さく言って小笠原が手を振って部屋を出て行く。

「よくお礼をお伝えください！」

閉まるドアに、篠田の声がなんとか間に合った。

しばらくは二人とも、無言で与えられたものを見ていた。

「参ったな」

放心したように、美しいブルーに篠田が呟く。

「……本当に」

消しゴムで消された文字を読むのが、いつもとても嬉しく。

高い筆圧で、届くことを願って書いては消し、また書いては消す自分の思いを、そんな風に読んでくれる人がいた。

「篠田さん」

技術的にやれないかと迷っていた時に助言をくれた篠田を、正祐がまっすぐに見る。

「いつも大切なことを教えてくださって」

ありがとうございますと肝心な礼が掠《かす》れて、深く頭を下げた。

「俺だけじゃないだろ。こうやって外側からも」

丁寧に万年筆をケースに戻して、深く長い息を篠田が吐く。

「まだまだ、教えられるばかりだな。俺たちは」

俺たちと、篠田が正祐を同じに語ってくれた。

三階の書庫では別の感慨が起こっているのか、椅子のひっくり返る音がして二人して笑う。

「ちゃんと出勤してらっしゃるんですね。書庫や屋上に行かないと、失礼ながら時々忘れてしまいます……」

庚申社は今四人の校正者が勤めていて、校正室はここだがいない二人は三階の書庫や屋上に籠《こも》ってほとんど姿を見せない。

「あの二人は本当に校正がしたくて、家に籠ってやれたらその方がいいんだろうけど。書庫があるからな」

本の世界に没入する二人は、他者との交流を求めない。

それでも幸いそうな声が、三階から聴こえた。

「書庫は確かに必要ですが」

彼らが人との交わりをほとんど欲していないことは、正祐もわかっている。

「どんな万年筆をいただいたんでしょうね」

きっと的確にその人の校正を表す賛辞が、美しい万年筆に添えられているだろう。

望まなくても時折こうして、文字を伝って心は通じ合う。

多くの人と、人は与えあい、分け合う。

また一点だけを自分は見ていると、不意に渡された黒い万年筆が正祐に教えた。気づけたならその一点から、目線は上に、外に、開けていく。

「なんだか、明るいですね」

今日ざしに気づいたと、正祐は独《ひと》り言《ご》ちた。

大切に、正祐も篠田も万年筆をしまうために鞄を取り出す。

「テクニカルなことってのは、できたら楽になるよ。仕事は。俺はかなりやってる。先々、体力と相談して都度考えたらいい」

感情を込めることは永続的にしなくてもいいと、篠田は言い添えた。

「ただ、技術で感情を削ぎ落して楽になった時に、一緒になくなったものがある気がするんだ。体が続く限りは、それを持っていたかった。俺の後悔の話だ」

技術を身につけてしまったら取り戻せなかったと、惜しむ感情を篠田が正祐に渡してくれる。

「篠田さん」

礼を言うつもりで呼び掛けたのに、正祐は鞄の中にあった携帯が光るのを見てしまった。

「感謝の言葉も見つからないような中、恩を仇《あだ》で返すようなお知らせがあります。今丁度ご連絡がありまして」

小説は饒舌《じょうぜつ》な大吾のメールは、いつも簡潔で短い。

「白洲《しらす》先生は宮沢賢治《みやざわけんじ》を語る会にご参加なさるそうです……」

白洲は中華に来るそうだ。

十日ぶりに大吾から、鞄の中で浮かび上がった文字はそれだけだった。

「え」

A４の華奢な書類ケースに万年筆をしまっている最中の篠田が、固まる。

「ご愁傷様です……」

その様子に思わず告げた正祐に、仕方なく二人はお互いの膝に鞄を抱いたまま笑った。


藪《やぶ》入りの二日後は、縁日の多い初観音《かんのん》の金曜日だった。

西荻窪《にしおぎくぼ》界隈では節分まで市《いち》はなく、迷いと躊躇《ちゅうちょ》を抱えたまま正祐《まさすけ》は終業後鳥八《とりはち》の近くまで歩いた。

二日前に短いメールがあったきり、大吾《だいご》からは連絡がない。

原稿に集中しているのかもしれない。こういうことは出会った頃にはよくあった。

「最近、あの人は」

つきあい始めの頃は、十日どころか半月以上連絡がないこともざらだった。原稿に集中しているところに一度、どうしてもと正祐が玄関先に行ったら、心ここに在らずで不機嫌などというものではない対応を大吾は見せた。

けれど最近は連絡も大吾にしてはまめだったし、原稿中でも鳥八で一緒に夕飯を取ることもある。

「けれど変わらず集中したものを書いている……?」

緩やかに起こった変化だが、出会いの頃からすると考えられないと初めて気づく。

過去には終わったと知らせるまで連絡をするなとさえ言われたし、放って置かれた。正祐もそれで当たり前だと思っていたのに、今は十日以上まともに連絡がないことが自分のせいなのではと気に掛かって仕方がない。

それでもメールも電話もできずに、大吾に会えないだろうかと鳥八の前まで来てしまった。

「……幼くて、嫌になる」

自分に呟いたが、そうして歩いたおかげで変化を知れた。

恐らくは大吾は、正祐がいてもそれほど気が散らなくなった。一緒にいることに、随分と慣れたのかもしれない。

――或いはいつかはと思っていたことだ。

傍らに正祐がいながら書くことに慣れた大吾は、もしかしたらもう準備をしているのだろうか。

前を通りかかっても、カウンターに大吾らしき人影は見えなかった。と言っても暖簾《のれん》が掛かっているので、一月に外から見えることなどたかが知れている。

入ってみる気持ちになれずそのまま通り過ぎるとすぐに駅で、高い屋根の下、改札の前に立っているモッズコートに金髪が目立つ青年と目が合った。

「塔野《とうの》さーん！」

朗《ほが》らかに、北口に住んでいるそろそろ新進とは言えなくなってきた時代小説家伊集院宙人《いじゅういんそらと》が、正祐に大きく手を振る。

観念したというよりは宙人に挨拶がしたくなって、正祐は改札の方へ向かった。

「こんばんは。語る会に来ていただけるそうで……」

礼を言おうとして、固まってしまった篠田を思い出す。

「うん。なんかクリスマスにね、やる気出しちゃって。ふた……絵一《えいち》さん」

恋人の名前を呼ぶときに、宙人は何故《なぜ》なのかいつも不自然に躓《つまず》いた。

「語る会にですか?」

白洲《しらす》ならそういうこともあるかもしれないと、正祐が首を傾げる。

「ううん? 東堂《とうどう》先生と……なんて言ってたっけな。あんまり、ごめんそこオレちゃんと聞いてなかった。絵一さんの言ってること。だって」

睦《むつ》まじい恋人たちにはあまりにも意外なことを、あっけらかんと宙人は言った。

「多分どうでもいいことだなあって思って」

「伊集院先生にとってですか?」

宙人の言い分がわからず、正祐が尋ねる。

「オレじゃないよ。絵一さん。絵一さん、東堂先生のこと前にコテンパンにしたことある?」

「……ありますす」

遠い出来事のような気がしたが、正祐のあまりに愚かしい喜びのために、一昨年の残暑に大吾は白洲に頭を下げることになってしまった。

「それが一方通行だったたから今度は! みたいななんかそんな話だったかな。だけどそんなのもう、どうでもよくない? そう思っちゃってる時点でさ、前とはきっと全然違うよ」

肩を竦《すく》めて、相変わらずの軽薄な金髪で、けれど宙人が何か頼もしい目をして見せる。

「どう、違うのでしょうか」

変化は、正祐には今揺れすぎることだった。

自分も、大吾も、そしてそれぞれが関わる人も変わって行って、その濁流に足元が見えなくなっている。

「絵一さんはきっと、楽しいよ」

上手く立てずに迷っている正祐に、健やかに宙人は笑った。

「前よりなんでも楽しい。そう見える。だから、よかった楽しそうって、あんまりちゃんと聴いてなかった」

「それは……」

駅の灯りのせいではなく、宙人の笑顔が眩しい。

「随分、ちゃんと見てらっしゃったのですね。白洲先生を」

「……塔野くん」

心から宙人に言った正祐の背から、当の白洲絵一の声が掛けられた。

「こんばんは、白洲先生。伊集院先生は白洲先生を待ってらっしゃったのですね」

考えれば他の人を待つ方が不自然だと、正祐がアイボリーのベルテッドコートを纏《まと》った白洲に会釈をする。

「こんばんは」

「絵一さん、塔野さんに会うとなんか動揺するね。東堂先生に怒ってるのかと思ってたけど、塔野さんだけだとなんでそんな感じなの？」

ぎこちないだけでなく一歩後退した恋人に気づいて、衒《てら》いなく宙人は訊いた。

「ああ」

自分の感情を宙人に気づかれてしまうことに、白洲は無抵抗だ。

「罪悪感だよ。君にもちゃんと話さないといけないね」

「やめてください……白洲先生。私が幼く愚かだったんです」

罪悪感として今語られては自分もまた罪悪感に苛《さいな》まれると、正祐が慌てる。

「なにしたの？　絵一さん。塔野さんに」

「鎌倉《かまくら》の家に閉じ込めようとしたんだ」

ばつ悪そうに白洲は、宙人に懺悔《ざんげ》した。

「ダメじゃん」

「本当に、そうだね」

コラ、と叱った宙人に白洲が苦笑する。

「ごめんね、塔野さん」

もうとっくに通り過ぎた出来事を、宙人は正祐に謝罪した。

「いいえ、私に落ち度がありました。お二人の待ち合わせを邪魔してすみません」

この話は腰の据わりが悪すぎて、正祐の方が一歩下がる。

「またね」

「また」

宙人が手を振って、二人は北口に歩いて行った。何処《どこ》に向かうのか正祐にはわからない。

白洲は西荻窪からは遠く、鎌倉駅からも遠い洋館に住んでいる。

一昨年のまだ暑い日に、一度だけ正祐はその館に行った。

——白洲は鎌倉屋敷に引き籠《こも》っていた。一年に一度も外に出たくなかっただろう。

十一月に大吾が白洲を語った言葉のままの、館だった。

——ずっと独りで棲んでいると、あの醸《かも》し出される陰鬱《いんうつ》が気にならないんだろうと思ったよ。

一昨年の残暑の日、正祐は自分のことで精一杯で、申し訳ないことに白洲の様はよく覚えていない。

あのとき正祐はまだ、いつでも一点の外側がほとんど見えていなかった。

短い言葉で、宙人と白洲は話し合えている。わかり合う努力を、きっと彼らはしている。

「トロッコ」のことを、正祐は思い出した。

朗らかに宙人と白洲はトロッコを押しているように見える。時折どちらか乗ったり、降りたり。少し止まったり。

「お二人を見てもう喧嘩はやめたいと羨《うらや》んだのは、間違いではありませんでした」

もう後ろ姿も見えない恋人たちを、正祐が見送る。

八歳の良平《りょうへい》は、トロッコをとても押したがっていた。そして押してみたら本当に楽しかった。

楽しくて楽しくて、それで遠くにきてしまったら怖くなったのだ。子どもなので。

恋人たちがトロッコを押しているように見えたのは、自分もまたトロッコを一人の人と押しているからだと、正祐は知っていた。

今の正祐は、その人にトロッコを押してもらおうとしている。押されて乗せてもらったトロッコからの眺めを、見せてもらおうとしている。

空が、景色が動いていくのなら、自分の足で大地を踏んでトロッコを押したい。

浅瀬の足元を流れる水は、静止するように生きてきた正祐にはやはり早すぎる。それでもその速い流れが、己の爪先が、立っている場所が。

自分が住んでいる世界の景色が、やっと、ちゃんと見えてきた。

また速さに驚いたとしても、傍らにはよく知った男がいてくれる。

健やかなる日にも、そうではない日にも。


「あっという間に辿り着いたか」

訪ねたいとメールをして正祐《まさすけ》が松庵《しょうあん》に戻ると、一軒家の玄関で大吾《だいご》が満足そうに笑った。

「随分どっしりと構えてらっしゃるものですね……」

十日以上そうしていたのかと、正祐は情人の超然とした様に勝手だが僅かに腹が立った。

「上がれ」

寒いのに裸足《はだし》の大吾は、だらしなくしていのたかもう寝るだけの浴衣《ゆかた》を纏《まと》っている。

「お邪魔します」

自分の男だけれど他人の持ち物であるこの家に、正祐はいつでもきちんと挨拶をして上がった。羽織っていたものは、黙って衣文掛けに掛けた。

居間に灯りをつけて、大吾が紫檀《したん》の座卓の前に座る。読みかけの本が、台の端で閉じられていた。

「おやじの時間を見ていることは、俺にも衝撃だった。大きく心が揺れたよ」

隣に座った正祐に、正月の晩のことを大吾が語る。

「だから一時のことだろうとは思った。余計なことを言う必要は感じなかったんで、こうやって待っていた」

それだけだと、大吾は肩を竦《すく》めた。

「視界が、とても狭くなりました。あの日だけでなく、段々と狭くなっていった気がします」

「不用意だったな。俺が無神経だったようだ」

白樺《しらかば》出版の校正者に囚われた時間があったことを、通り過ぎたので大吾は気づいたようだった。

そのことが正祐に無理をさせたとも知って、言葉通りこうして待っていてくれた。

「あなたの掌《てのひら》の上のような悔しさがあります」

超然としていただけでなく理解されて待たれていたことには、追いつけない口惜《くちお》しさが正祐に生まれる。

「けれど心が揺れたとはいえあんなことを口にして、本当に愚かでした。まだたくさん、私には知らなくてはならないことがあります。与えられることも。ご心配……おかけしたようではないですが、すみませんでした」

心を乱したのは自分なので、正祐はまっすぐ大吾に謝った。

「おまえを知ってるんだ。俺は」

心配しなかった訳を、大吾が教える。

「その答えに辿り着くだろうおまえを知っている。いや」

憎らしいほど穏やかに、大吾は笑っていた。

「すっかり信頼していた」

過分な言葉を掛けられて、正祐は受け止めきれない。

「……いつ、どうしてですか？　私は、あなたから見たら随分と頼りない存在でしょう。こうして揺れて、足元を見失って」

流れの速さに、何処《どこ》に立っているのか正祐はさっきまで見えなくなっていた。

「おまえと出会ってなかったら、俺はこの間の小説には辿り着いていない」

白樺出版の本のことだとすぐにわかって否と言いかけた正祐に、大吾が首を振る。

「校正の話じゃない。校正には確かに本当に助かった。そもそも、この小説を書こうとした動機の話だよ」

こめかみを掻《か》いて、話すつもりのなかった言葉を、大吾にしては長く探していた。

「俺は自分を多数派だと思ったことはなかった」

世間ではマジョリティというところをその言い方は好かないのか、日本語に置き換える。

「それは……そうかもしれませんね」

作家というだけでなく、仕事に辿り着くまで大吾は特殊な環境で育っている。

ジャーナリストだった実の父を他国の内戦で失い、荒れて善良な母と義父の手に余った。そのままではその子は死ぬと言って父方の祖父が一千万で大吾を買って、中学生から成人まで岩手の遠野《とおの》で暮らした。

今は亡き祖父からのみ教育を受けて、中学も卒業していない。

「だが、乗り越えてきたのは強者の理論だ。俺は頑《かたく》なな人間に生まれついて」

独学で学びぬいたことを正祐は称えるが、誰にでもできることではないと今の大吾は理解していた。

「男であったことも味方したのかもしれないと、最近思うようになった」

「何故《なぜ》ですか?」

思いもかけないことを聞かされて、驚いて正祐が問う。

「伴侶《はんりょ》に女を選ばなかったことで、社会の制度と不一致が出てきて初めて気づいたところだな。恥ずかしながらそこは」

「すみません、それは」

「謝るな」

咄嗟《とっさ》に謝った正祐を、即座に大吾は断じた。

「お互いのことだろう。絶対に謝るな、二度と。俺にだけじゃない。誰にも謝るんじゃない」

言い聞かせるように、大吾がそう繰り返す。

「はい」

反射で謝ってしまったことを、きちんと正祐は恥じた。

「家を建てようとしただろう？　二人で住もうと言って」

試し同棲をした去年の夏のことを、大吾が語る。

「そうでしたね」

正祐の方はそのことは、考えないようになっていた。あまりに考えなしの同棲となって、当面は無理だとはわかったので考えるだけ疲れる。

「まだ未熟だが、いつかはと俺は思ってる。おまえはどうだ？」

他人事のような返事をした正祐に気づいて、大吾は顔を顰めた。

「ええ。いつかは、と」

そのいつかがいつなのか今は想像がつかないが、正祐もやめたと思っている訳ではない。

「あの時、おまえが泣いていた。そこで」

居間の玄関側を大吾が指したので、正祐は居たたまれなくなった。

——私だけがあなたと生きることを考えていると思って、それで悲しくなったのです。

大吾は大吾の時間を惑わず生きていたのに、正祐は瞬く間に大吾を支える者に変わってしまいそうになったのだ。

「俺にはわからなかったが、おまえは暮らしの話をしていた」

わからなかったと、正直に大吾が打ち明ける。

「この先も、わからないかもしれない。わかろうとしないとおまえは言った気がするが、何がわからないのかがわからないんだ。だけどそのままだときっと、何処かでおまえを失うかもしれない」

「そんなことは……」

「おまえがいなくなることも考えたし、おまえが俺に合わせて変わってしまうことも初めて知って」

わからないと言いながらも懸命に、大吾は自分の言葉を聴いてくれていたと正祐は知った。

「それは、とても嫌だと思った」

似合わない弱い声を、大吾が聴かせる。

「だが簡単には俺は変わらん。結局自分のことに一心不乱になる。生まれつきの強さ、頑なさで自分の思った通りに生きる。意識しなくとも優位に立つのが俺という人間だと、気づいた」

わかっていないのだろうかと、不思議な気持ちで正祐は大吾の言い分を聴いていた。

確かに大吾は、自分のこと、命と変わらない書くということに一心不乱になる。出会った頃は情人と言えど視界の外に放り出されたと、正祐はさっき思い出したところだ。

一心不乱なのに、今の大吾は正祐のことをしっかり見ている。忘れずに、置いて行かずに隣に居ようとしている。

「白樺が、今までとは違う文芸としての時代ものを書いてみないかと言ってくれて」

一つ一つ、出来事と感情が積もっていたところにタイミングがきたのだと、大吾は言った。

「家に入ることがほとんどだった女の世界を、知ってみようと思った。生まれつき優位に立てない視界を、知って描こうとしたんだ。まだまだ未熟だったが、そういう勢いがなければやれなかった」

未熟だと大吾は言ったが、年の瀬に出たその本は今多くの人を驚かせているのを正祐は知っている。

東堂《とうどう》大吾が何故、今まで見えていなかった場所が見えたのかと敬意を以て評されていた。

「そして、あなたに新しい助けがあって」

助けたのは、正祐ではない校正者だ。

「一冊の本になったんですね」

けれど期せずしてその校正者と人として向き合った正祐は、自分には決してできなかった助けだと知ることができた。

「そうだな」

静かに、大吾が頷く。

本と口にして無意識に、紫檀の台の隅に閉じられた厚い本を正祐は見た。

「迷っているおまえが十回も読んだというので、俺も読んでいたんだ。おまえを待つ間に」

その古い本は旧字体の「芥川龍之介《あくたがわりゅうのすけ》全集二」で、「トロッコ」が入っている。

「子どもの頃には考えられないような遠くに」

大吾が言おうとしていることを、自分も同じに思っていると正祐は信じた。

「行けるんじゃないのか？　俺たちは」

信じられないような遠くに、きっと、もういる。

大吾は正祐を、知っていてくれた。まだ知ろうとする正祐を信頼して、ここで待っていてくれた。

わかったという必要はない気がして、正祐は言葉にしなかった。

黙って静かにしている正祐の頰に、大吾が触れる。

唇を寄せられて、正祐もまた、大吾を求めた。

肌を探し合いながら、畳に体が倒れる。

「この間あなた、やめておくと」

揶揄《からか》ったのではなく、ふと何故と思って正祐は大吾の肩に訊いた。

「あの晩に閨《ねや》をともにしたら」

髪を撫で、シャツのボタンを外して熱い手で大吾が正祐の鎖骨に触れる。

「また違う夜になって、それはおまえではなく俺を捉えてしまったかもしれない」

「……あなたを？」

簡単には意味が取れず、纏う布を落とされ、自らも拙《つたな》く落としながら正祐は訊いた。

「わからん。従順に俺だけを頼りに思って泣いているおまえが俺の腕の中にいたら、俺はそれを永遠にしたいと思ったかもしれん」

剝き出しのうなじに口づけ、指を胸に這わせて大吾が言う。

上がりそうになる息を堪《こら》えて、正祐は大吾の肩に指を掛けた。

「おまえがすっかり従順になってはつまらないと思っているが。すっかり従順になったらそういうおまえに魅了されないとも限らない」

ふざけているのではなく、大吾は本気で自分を不安に思っているようだった。

「自分の方には信頼がない。俺は未だにそこら辺は男の中の男だ、駄目な方の」

些《いささ》か自嘲的に告げて、耳元を食《は》み、肌という肌に大吾が口づけていく。

「だから……放ってくださったんですか」

大吾ただ一人と居たいと願ってから十日、正祐には言葉が与えられなかった。

「俺ではなく、おまえの方を信じた」

真摯な声を聴いて、正祐が目を閉じる。

今でも正祐は、この男にすっかり従順だと思う日は多い。

「……信じてくださったあなたがとても、頼もしいですが」

抱かれて、抗《あらが》う言葉も、体ももう持たない。

「あの晩与えられなかったあなたを、私の肌は求めています」

とてもと、熱に浮かされたような声が正祐の耳に聴こえた。

自分の声とは思えない。

不埒《ふらち》で過剰だと、以前なら恥じて身を縮めただろう。

「俺はおまえにやさしく触れたいと思っているのに」

煽《あお》られて耐えられないと、大吾が足に手を掛けた。

濡れた先を押し当て、無理はせずゆっくりと大吾が肉を交える。

「……っ……」

そんなに焦《じ》れたやさしさなら、酷《ひど》くしてくれていいと正祐は言いそうになった。そのくらい今、大吾を待っている。

けれど決して、この男は酷いことをしない。最初から、酷かったことはない。

優位に生まれてきたことを、無意識に大吾は知っていた。

優位なものが立ち止まらなければならない最後の線を、踏まないように己を見張っている。

「あなたが、好きです」

出会った頃より、昨日より、さっきよりこの男が愛おしいと、掠《かす》れる声で正祐は告げた。


前々から行ってみたかったと片瀬《かたせ》からメールがあって、正祐《まさすけ》は有休を取って深川《ふかがわ》図書館に行った。

「本当にきれいな図書館でした！　晴れてよかったです」

朝一で入った深川図書館を午後までそれぞれに堪能して、図書館前の公園で一月の青空の下片瀬は大きく伸びをした。

「螺旋《らせん》階段とステンドグラスが、図書館の蔵書と合ってますよね」

少し緊張して、片瀬の隣をシンプルなコートを羽織った正祐が歩く。

片瀬の言う通り今日はきれいな冬晴れで、明治時代に初めて建てられた洋風建築を受け継いでいる深川図書館は水色の空に溶け込んできれいだ。

「郷土資料室には一万二千冊の蔵書があるという紹介を読んで、居ても立っても居られず。区民ではないので借りられないのが本当に残念ですが、堪能しました」

土日は地域の人で混むのではないかと片瀬がメールに書き、図書館に行くために双方で水曜日に有休を取った。

有休を取って遊びに出かけるのも、正祐には初めてのことだった。

「おつきあいいただいて、ありがとうございます」

不意に、神妙に片瀬は言った。

「いえ、私も来たかったですし。お誘いいただいて嬉しかったですよ」

こんな風に大吾《だいご》以外の誰かと歩くことに全く慣れていない正祐が、慌ててぎこちなく手を振る。

「でも、本のあるところって一人がよかったりしませんか？」

そのものずばり、何故《なぜ》誘われたのだろうと密《ひそ》かに疑問に思っていたことを片瀬に問われて、正祐はどう答えたらいいのかわからず立ち止まった。

深川図書館は、時代小説の舞台になることの多い富岡八幡宮《とみおかはちまんぐう》もすぐそこにある立地だ。郷土資料も多く、館内にいる長い時間片瀬と正祐は別々の時間を過ごした。

「深川は、時代小説に関わる者にとっては特別な場所です」

ご一緒しませんかとメールで誘われて、正祐は片瀬と深川を歩きたいと思った。

「片瀬さんとなら、歩きながら色々お話できる気がしました」

「そう言っていただけて嬉しいです。去年一度、一人でこの辺を歩いたのですが」

立ち止まって片瀬が、元禄《げんろく》の頃に紀伊國屋文左衛門《きのくにやぶんざえもん》の屋敷があったと伝えられている清澄庭《きよすみてい》園《えん》の方を眺める。

「実のところピンと来なくて」

「それは、当たり前ですよ」

それは力を貸せない事案だと、正祐は慌てた。

「関東大震災も、戦争もあって。空襲での被害は写真で見ましたが」

話しながら、きっとそれぐらいは片瀬も見ているだろうと思うと恥ずかしくなる。

「消失と再建の土地で、江戸の残り香は跡形もなくなったのに」

それでも正祐は、何度かここに来ていた。理由をはっきりと明文化することは難しい。

「受け継ごうとしている方々が、絶えない土地のような気がします」

「……ああ」

拙《つたな》く正祐が選んだ言葉が腑に落ちたような声で、片瀬はもう一度深川を見渡した。

「そう言われると、意思が残っているように感じます」

見えないものを探して、一歩一歩片瀬は深川を知ろうとしている。

彼のその誠実さに立ち会えて、やはり正祐は幸いだった。

篠田《しのだ》が、片瀬と正祐が似ていると言ったことを、正祐は思い出した。

片瀬は表情から話し方から朗《ほが》らかで人を安心させるところがあり、見習いたいけれどそれは自分には到底持ちえないものだと、吉祥寺《きちじょうじ》で正祐は思った。

けれど、似ているというより、片瀬と二人で話すのは心地がいいと気づく。

慎重に、片瀬は言葉を選ぶ。受け答える正祐もゆっくり考える。

他者と、仕事でもないのに二人きりで歩いて、苦に感じないのは正祐には大きなことだった。

「校正部の中で、時代小説をなるべく僕が引き受けることが決まったんです」

会社的にはきっと打ち明けるには躊躇《ためら》うことを、片瀬が正祐に伝える。

彼はその話がしたかったのだと、今正祐は気づいた。

「時代小説は本当に好きで。とても嬉しいことなんですが、プレッシャーもあります」

「片瀬さんなら」

きっと大丈夫ですよと流れのように言おうとして、今は緊張を感じている彼にはあまりに無責任な言葉だと、正祐が止まる。

「専門性を持つと、多分段々と一つのことを突き詰める意義が出てくると思います」

簡単な言葉で言えば、広く文芸の校正を引き受けるより、時代小説に特化した方がそのうち楽になるはずだと、それは正祐は吉祥寺で片瀬と笹井《ささい》の話を聞いて知ったことだ。

だが「楽」という言葉は使いたくなかった。片瀬は楽にやりたいなどと、きっと少しも思っていない。

「そうですね。がんばります!」

片瀬らしい明るい声を聴いて、正祐は頼もしかった。

「教えていただくばかりで申し訳ないです」

「そんな。私は私で、校正のことも、様々篠田さんに教わりっぱなしで」

庚申社《こうしんしゃ》に入社して、正祐は最初一人でコツコツと校正をしていると思い込んでいた。

だがそれは大きな間違いで、篠田は最初から隣で細かなことをさりげなく教えてくれていた。

顔を見たことのない作家にも書き込みで教えられ、社長の小笠原《おがさわら》にも経験を教えられている。

「そんな私が、誰かの……片瀬さんのお役に立てるなんて。考えたこともありませんでした」

一点だけを見て、自分の手元、爪先だけを見ていたのが、長く正祐の視界だった。

華やかな芸能一家に生まれて自分だけ相性が合わず、俯くばかりの子ども時代を助けてくれたのは祖父と、祖父が与えてくれた膨大な本だ。

その祖父を喪《うしな》ってますます俯いたまま始めた仕事が、歴史校正だった。

「僕はずっと本だけが友達でした」

いつの間にか俯いた正祐の言葉が含むものを悟って、自分も同じものを持っていると、片瀬が言った。

「子どもの頃というのは、一つのことで躓《つまず》いてしまうものだと今ならわかりますが。初手で人の輪が怖くなってしまって、物語は僕を助けてくれました。それで出版社になんとか就職して」

勤め先を選んだ動機も、正祐と片瀬は全く同じだ。

きっと多くの人が本を友人にして大人になるのだと、正祐は今更知った気がした。

「とてもよい上司に恵まれて、対等に人と話す楽しさを覚えました。そこに本がいてくれたから、本を介して始められたことです。でもそうやって顔を上げて周りが見えてくると」

かつては江戸の町だった、何度も何度も壊された土地を歩きながら、ビルや橋を見渡す中正祐が片瀬の言葉を聴く。

「社会は強い人が有利にできているものだと知った気がして、流行《はや》りの剣客《けんかく》ものは好きになれませんでした。結局力が正しさになってものをいう。そうやって世の中は動いていくのが普通のことなんだと、思い込みかけた時に」

剣客ものに対してそういう見方も生まれてしまうのは、正祐にも理解できた。大吾の剣客ものはどちらかというと人情ものだと思っているが、初手は確かに剣の腕がその人の魅力になるところから入っている。

「一人の人が、恐らくは強く生まれた人が、考えを変える……新しい視界を見ることがあるのだと知って。言葉にならない思いがしました」

ため息のように片瀬が言った「一人の人」が、東堂《とうどう》大吾なのだと正祐は確信した。

もしかしたら手元に新作が来るまで、片瀬は東堂大吾の描く世界を良しと思っていなかったのかもしれない。

強者の理論という言葉で、まさに大吾自らが自分を罰していた。

片瀬の深い理解が、これからもっと、大吾の描く世界を磨き整えていく。

「片瀬さん」

衝動とはいえ専属の校正者になりたいと言った自分は、こうして今から大吾に与えられるものを奪って、大吾を独占しようとした。

「友人になっていただけませんか?」

不適切だとは僅かにも思わなかった。これは正祐だけの望みだ。

一人で自らを律し続けられるか、自信がないのもある。

尊敬できる、信頼できる友にいてほしいと、正祐は願った。

「すみません」

困ったように、片瀬が頭を掻《か》く。

「僕はもう塔野《とうの》さんと友人になれたつもりでいました……図々しくて申し訳ないです」

「いえ! あの、私はこういうことが本当に下手で……っ」

二人して慌てて、冬の青空の下で言葉を掛け合った。

慌てているのに、片瀬の選ぶ言葉が好きだと、正祐は思った。


「そういえば、おまえの言った通り喧嘩をしていないな」

立春《りっしゅん》を目前にしたからか、立冬《りっとう》のことを大吾《だいご》は同じ鳥八《とりはち》で思い出して言った。

「喧嘩は……確かにしていないかもしれませんね」

蕗《ふき》の薹《とう》の天ぷらで風が吹くを呑んでいる正祐《まさすけ》は、言い出した自分が取り乱したばかりなのでばつが悪い。

「喧嘩じゃなくとも、様々ありはするか。もとはと言えばの、白洲《しらす》と伊集院《いじゅういん》もな」

言いかけて大吾は、ついこの間中華屋で宮沢賢治《みやざわけんじ》を語る会に参加した二人の話を切った。

想像の及ばないことが、どうやら彼らには起こっている。

「伊集院先生なら、きっと大丈夫ですよ」

中華屋で会う前にたまたま二人と駅で会った正祐は、宙人の朗《ほが》らかさと愛情深さの側に立った。

「そうだな」

興味はあるのだろうが今のところ何もわからないからか、大吾は多くを語らない。

「喧嘩をしないっていうのはいい提案だった。穏やかにいられるものだな」

主に仕事を巡って喧々囂々《けんけんごうごう》と遣《や》り合《あ》うのが出会ってからの二人の常だったので、少しのつまらなさも含みながらも大吾は片口を傾けた。

穏やかと言った大吾に、正祐は黙っていることがある。

もしかしたらいつか大吾が知る日もあるかもしれないが、そのことは今は自分の時間だと正祐は揺れなかった。

「一つ私、大きな変化がありました」

疚《やま》しさはない。

「変化？」

「友人が、できました」

大切な、嬉しいことを、大吾に教えた。

「へえ……」

ぐい呑みを持ったまま、すっかり驚いて大吾が静止する。

「初めてじゃないのか？」

篠田が同僚だということは大吾は重々承知で、正祐に他に人との交友がないことなど三年一緒にいればわかり切っていることだった。

「はい。人生で初めての友人です」

「楽しそうだな」

「はい」

短く、正祐は答えた。

疚しくないいし嘘も吐《つ》いていないが、言わずにいることはある。

片瀬との時間はきっと、自分を育ててくれる。もしかしたら自分にも少しは、片瀬に何かを渡せるかもしれない。

知らずとも、他者と与え合った時に補われ満たされて、それぞれが新しい地平を見られるのかも、しれない。

「随分嬉しそうだ」

友人ができた正祐を見て、そこから先が語られないことにも大吾はつまらなそうな顔をした。

けれどこれ以上は言えることが正祐にはないし、そんな幼い顔を大吾にされると思わなかったのでどうしたらいいのかわからない。

「寫樂純米《しゃらくじゅんまい》、新酒だ。どうだい？」

ふとカウンターの中から百田《ももた》が、冷蔵庫で細かな露を纏《まと》った、寫樂の一升瓶を見せてくれた。

「是非《ぜひ》もないな、それは」

「滅多に出会えません」

珍しい良い酒の新酒を見せられて、大吾も正祐もすっかりそっちに目がいく。

「口開けだよ」

今から封を切るところだと百田は言い添えて、ポン、といい音を立てて一升瓶が開くのを二人は見つめた。

最初の二合が瓶を通るとくとくという音は、また格別だ。

少し多めに寫樂が注がれた、最近店で見ることが多くなった黒い片口を、百田が静かにカウンターに置く。

「いただきます」

「ありがたい。またこの片口が合うな」

黒い片口には白い刷毛《はけ》が入っていて、新酒の透明さを際立たせた。

「そうかい？　それはよかった。一升瓶の口を開けて徳利《とっくり》に入れようとすると、なかなか難儀になってきてね」

弱くはならずに、百田が指の力が失せていることを語る。

「片口なら口が広いから、きれいに入れられると気づいた。できないことは何かしらが補ってくれるもんだ。ありがたいよ」

力が足りないなら器を変えるだけだと今この時の己を粛々《しゅくしゅく》と見定めた百田は、正祐には今までと違って見えた。

「私」

今までと違って、新しい自分を楽しんで見える。

「この黒い片口が潔《いさぎよ》くて好きです」

思いを、正祐は素直に言葉にした。

「酒と、店に合う」

左隣で大吾も呟いた。

「何よりだ」

おでんの味を確かめるために、百田が火の方を向く。

「旨《うま》いな、寫樂」

酒を味わって、しみじみと大吾は唸った。

「きれいな味ですね」

器と合って、隣にいる男とともに言葉を交わして、喉を通る酒は湧き水のようだ。

みんな、回帰不能点は通り越していくのだと、新しい時間を見て正祐が知る。

元の土地に戻れない場所を通り越して、見たことのない景色を見る。通り越して、帰らず何《ど》処《こ》かに向かっている。

何処に向かっているのかはわからないけれど、知らなかった大地に行くのだ。

それは新しい大地ではない。ずっと存在していた場所だ。行くつもりもなく知るつもりもなかった、知らなかった世界に正祐も向かっている。

不安になるのは当たり前のことだ。

「どうした」

ぼんやりと器を見た正祐に、いつものように大吾が訊いた。

色悪作家と校正者の秘密

いろあくさっかとこうせいしゃのひみつ

作家、東堂大吾《とうどうだいご》は、実のところそれほど乱れてはいなかった。

だが、実のところそれほど穏やかでもない。

そういう厄介な心情だった。

「春の魚と書いて鰆《さわら》だな」

西荻窪《にしおぎくぼ》南口の居酒屋、鳥八《とりはち》のカウンターで、きれいに尾まで整った鰆の塩焼きに大吾は呟いた。

「箸を入れるのに躊躇《ため》らってしまいますね」

大吾の右隣では歴史校正者の塔野正祐《とうのまさすけ》が、同じく鰆に見惚《みと》れている。

弥生ともなれば東京では花も咲き始める、春だ。

大吾と正祐が出会った春彼岸《はるひがん》も、もう三度目になろうとしていた。

春の魚と書いて鰆。この言葉は春の訪れとともに、必ずどちらかが一度は声にする。

「萬代芳《ばんだいほう》いくか」

「はい」

「おやじ、萬代芳純米」

そんな予感がしていたというように肩で笑って、鳥八の主人百田《ももた》が萬代芳を黒い片口にたっぷりと注ぐ。

「蛍烏賊《ほたるいか》の沖漬《おきづ》けが、いい頃合いだよ」

その片口をカウンター越しに二人の前に置いて、百田は教えた。

「それはたまらんな。もう少し後がいいか？」

「そうですね。ずっと呑んでしまいます」

「それからおでんはぼちぼち終《しま》いだ」

大吾と、何より正祐を存分に惑《まど》わせたおでん用の四角い鍋を、百田が掌《てのひら》で示す。

「え」

惑った分、驚いた声を上げたのは正祐だった。

「うちは専門店じゃないから。寒い季節が過ぎたらおでんは終わりさ」

「そうか」

じゃあ、と大吾は続けない。

続けない大吾を、隣の情人が信頼をもって見つめたのがわかった。

品数を減らしておでんを出してみるというのは、老いを感じての百田の判断だった。あたたかくなったらおでんは終わりだというのはなるほどという話だが、なら百田の体が効くのかということは、心配とともに大吾も正祐も思う。

だが客から尋ねることではない。ましてや今、老いと向き合っている人に。

「狭い店だし、調理場は火も使うから暑いぐらいだ。それでも冬は堪《こた》えてたみたいだよ。春になればね、何事も」

「なるほど」

何事も、という言葉は、応えた大吾にも、聴いている正祐にも気に入った。

「それに冬にいつもより怠けられたんで、もう少し働きたくもなった。そうやってしばらくは、いったりきたりしながらやってくんだろうさ」

他人事《ひとごと》のように穏やかに笑って、百田がタラの芽とこしあぶらの天ぷらを置く。

「塩でね」

いつものように百田がそう言ったので、百田の話は終わりだと、大吾も正祐も悟った。

「いただきます。……おいしいです」

サクッと薄衣で揚げられた山菜の天ぷらは、正祐にとってはいつも以上の喜びで声が出る。

「熱いうちだな」

負けじと大吾も、こしあぶらのえぐみを味わった。

「まだまだ揚げ物がたまらん若造らしいな、俺は」

「夏になったら竜田揚《たつたあ》げが食べたいですね。……伊集院《いじゅういん》先生、ご無事でしょうか……」

竜田揚げで、正祐が西荻窪に住む若手作家伊集院宙人《そらと》を思い出してため息を吐く。

つい先日、二月の終わりにここで二人は宙人に会った。

「なあ」

曖昧《あいまい》に言って、大吾が萬代芳を口元に運ぶ。

「なんだか」

不思議な言葉を聴いたように、正祐は間を置いた。

「とてもあなたらしくない言葉ですね」

「そうだろう。俺も今、声にしたら違和感があった」

曖昧さが自分に似合わない自覚を、大吾自身しっかり持っている。

「だが馬に蹴られる以外何ができる」

「それはまったく、おっしゃる通りです」

新進気鋭にもほどがある時代小説家伊集院宙人と、文壇の貴公子白洲絵一《しらすえいち》はパートナー関係を公表している仲だった。謎のままの二人の馴《な》れ初《そ》めを、大吾は世界の七不思議に数えている。

宙人と白洲と、正祐の同僚である歴史校正者篠田和志《しのだかずし》と大吾の五人で、一月に「宮沢賢治《みやざわけんじ》を語る会」を西荻窪で催した。その時宙人と白洲は驚くほどの睦《むつ》まじさだったが、二軒目の居酒屋で観たテレビの中で何やら大事件が起きた。

白洲絵一と同姓同名の男が、与党をリークする会見の主役として壇上に立ち、代議士になるべく野党から擁立《ようりつ》されたのだ。

「あの二人を見て、喧嘩をするまいとおまえは言いだしたが」

想像するに、その同姓同名の男と白洲は何某《なにがし》かの因縁があり、この間会った宙人の様子からすると白洲は野党の男前に持っていかれかけている。

「お二人は喧嘩をなさっているわけではありませんよ。恐らくですが」

「わかってる。想像もしなかった、事実は小説より奇なりなことがどうやら巻き起こってるようだな」

安易な想像で話をまとめると、四月には野党の代議士になるだろうアロン・ドロンを川で洗ったような男前が、武器一つ持たない宙人から白洲を奪い返そうとしているようだ。

「『風と共に去りぬ』だな」

「『風と共に去りぬ』です」

想像力の限界を迎える展開に、二人は記号的なその映画のポスターに帰結した。

壮大なラブロマンスともとれる、アメリカ南北戦争時代の物語だ。主人公のスカーレット・オハラが、男前の代名詞にできるようなレット・バトラーに奪われるように抱かれているのが有名な映画のポスターだった。

「そうすると白洲はスカーレット・オハラか。メタモルフォーゼが激しいな、あいつは。タラにいくんだな」

「あの結末は、小説とほとんど同じです。私は母に映画を無理やり観せられて、後に原作小説を読みました。『タラに行こう』素晴らしいですが、伊集院先生は……」

いなくなりはしないでしょう、と正祐は言いかけたが、この大事件の主導権が宙人にあるようには誰にも見えない。

「タラに行くのは伊集院かもしれんな……その時はまた竜田揚げを奢《おご》ってやろう。何が起こっているのかよくわからないなりに、おまえにもああいうレット・バトラーみたいなものが現れたらと考えると」

その会見に立ったアロン・ドロンから油分を抜いたような男前が、白洲を攫いにきたレット・バトラーだと考えるのは絵的に安直といえるほど似合っていた。

もし正祐にもレット・バトラーが現れたらと、一瞬大吾が想像してみる。

「ははは」

「どうなさいました」

思わず笑ってしまった大吾に、正祐は不思議そうに尋ねた。

「この乾いた笑いはおまえへの信頼だ」

考えなしに笑ったことを真摯《しんし》に反省して真顔で伝えた大吾に、正祐はきょとんとしている。

「原作を読んだのか、『風と共に去りぬ』。俺は映画は観たが、原作を読もうという興味は持てなかったな」

「私はなんでも文字の方が入りやすいので。『去りぬ』はアメリカ南部の白人至上主義のことだと、原作の方が伝わりやすかったように思います」

「へえ。正直そんなに深く考えてなかったな。読んでみるか」

翻訳文学は大吾も正祐も門外漢なところがあって、名作でも未読のものは多かった。

「名作には名作とされる理由があると、思った記憶です」

「おまえの評価にしてはまた曖昧だ」

「読んだのは十代の頃で、翻訳文学に苦手意識がありましたから。今読むと違う気がします。ですが実は一月の宮沢賢治を語る会以来、賢治の再読が止まらないのです」

大作を再読するのは先だと、正祐は言いたいようだった。

「まあ、賢治は読み始めるとな。ただきれいな言葉を一つ一つ並べているようで、座標を読み解くようなおもしろさが絶えん」

「そうなんです！」

正祐にしては随分と勢いのある返事で、どうやら情人は今日また宮沢賢治の話がしたいのだと大吾にも伝わる。

「またみなさんとお話ししたくもありますが」

宙人と白洲と、そしてさっぱりしたアロン・ドロンのうちの誰が「去る」のか決まらないうちは、気軽に彼らは誘えない。

その件については、二人は外野で蚊帳《かや》の外だ。待つしかない。

「俺だけじゃ不満か」

少しおどけて、大吾は片口を空にした。

「そんなことはありません。けれど今読んでいるのが『なめとこ山の熊』で、あなたとはそんなに評価が離れるような気がしなかったものですから」

「何故《なぜ》そう思った」

だからまた大勢で話したいという風情《ふぜい》の正祐がそんなことを言うのも初めてで、大吾が理由を尋ねる。

「解釈は、とても宗教的だと感じたからです」

宗教的となると、そんなに解釈が分かれないと想像するのは大吾にもわかった。

宮沢賢治の童話、『なめとこ山の熊』は、熊撃ちの小十郎《こじゅうろう》が熊と命のやり取りの約束をする話だ。熊撃ちの小十郎は、熊が憎くて熊を撃っているのではない。「二年待ってほしい」と頼まれた熊を見逃すと、二年後熊はちゃんと小十郎の家の前で死んでいる。一方小十郎は、老いを感じ始めた頃に熊に殺され、死んだしるしに青い星を一面に見る。

「最後の小十郎の姿は、確かに仏のようだ」

「立場によって人が変わる、資本主義への辛《つら》さもあります」

その辺りは大吾と正祐でなくともそう大きな解釈の不一致が、宮沢賢治にしては起こりにくい作品だ。

「俺は『なめとこ山の熊』は大好きだが、大嫌いだ」

好き嫌いで作品を語ることの少ない己《おのれ》に珍しい物言いに、大吾はくすりと笑って鰆を箸で摘まんだ。

「大嫌い、ですか」

案の定正祐は、その平易な言葉を選んだ大吾に吃驚《きっきょう》している。

「それは相当ですね」

難解な言葉を尽くして厳しい評価をせずに、「大嫌いだ」と言い放つ大吾を、正祐は興味深そうに見て酒を呑もうとした。

「おっと、もう空だね。萬代芳」

「ちょっとペースが早かったな。おやじ、さっき言ってた蛍烏賊の沖漬けと、それに合わせて酒をくれ」

早々と片口が空いたことに気づいた百田に、大吾が頼む。

「なんだって合うが、宮泉《みやいずみ》の純米ならまず間違いはないだろうね」

「じゃあそれで頼む」

「楽しみです」

いつの間にか鰆をきれいに骨と頭だけにした二人は、蛍烏賊と酒をおとなしく待った。

「大嫌いのわけを、教えてください」

「そうくると思ったよ。おまえは今、『なめとこ山の熊』が大好きでたまらないんだろう」

我ながら随分感情が入った言い方だったと、大吾が苦笑する。

「おっしゃる通りです。感じ入って、何度も読み返しています」

「読んだ土地の話だ。俺は『なめとこ山の熊』を、じいさんのそばで読んだ。賢治の生まれ育った花巻《はなまき》に近い、遠野《とおの》でな」

そこまで語ると、正祐には「大嫌い」のわけの半分はわかったようだった。

「小十郎が水に触るのが億劫《おっくう》になったという描写が、その時の俺には現実味を帯びていてとても嫌だった」

いつの間にか唯一の家族となっていた祖父の老いと重なった気持ちは、悲しみに近かったと大吾は覚えている。

「それに、山はあんなに綺麗じゃあない」

「最後の描写ですか？」

小十郎が死を迎えた時青い星が輝きだすことを、正祐は訊いた。

「冒頭もだ。人の手で拓かれていない山は木に包まれている。木漏《こも》れ日も余程晴れていればのことだ。特にあの辺りは北で。初めて読んだ後、俺は本を持って山に入った」

「正直……羨ましい経験です」

本の中に棲んでいたはずの正祐が、控えめに呟く。

「これぱっかりは、そうだろうな。賢治の見ていた風景の中で、賢治を読む。その日は曇っていた。ほら嘘ばっかりだと、俺は『なめとこ山の熊』のすべてを一度否定した」

それが大嫌いだと、大吾は老いた手で片口に宮泉が注がれるのを見つめた。

「羨ましくて、妬《ねた》ましいです」

「おまえにそんなことを言わせるなんてな。なら……」

続きを言おうとして大吾が一旦止まった間に、蛍烏賊の沖漬けと酒を湛えて黒く光る片口が置かれる。

「おっと、ごめんよ。話し中に」

話が途切れるタイミングを見たつもりが続きがあったと気づいた百田が、大吾に謝った。

「いや、いつでもできるような話だ。美しいな！」

すっかり蛍烏賊に目を奪われて、大吾が声を上げる。

醤油の色がしっかりついているのに、烏賊が透明だったとわかるきれいな光に、二人は言葉をなくした。

言葉をなくせば、話の続きを忘れることもある。

「蛍烏賊の肝と宮泉か。最高だな」

「正直なところを言うと、蛍烏賊の沖漬けと宮泉は、どっちも何と組み合わせても最高だよ」

おっと余計なことをと、百田は笑った。

「確かにそうだ。まだまだ餓鬼《がき》だな、俺は」

「私など若輩《じゃくはい》中の若輩ですが……本当においしいです！」

蛍烏賊を一つするりと口に入れた正祐が、悲鳴のように悦ぶ。

「口に入れる前からわかる……つもりだったが。これは烏賊もうまいがさすがおやじの漬けた蛍烏賊だ」

蛍烏賊の沖漬けと宮泉純米は、言葉を扱う仕事であるはずの二人から語彙を奪い、しばしの沈黙を与えた。

「あ」

もとの、「なめとこ山の熊」の続きでしようとしていた話が大吾から飛んでしまって、まったく別のことを思い出す。

「映画を観に行かないか」

最近では珍しい誘いを、大吾は正祐に向けた。

先刻「風と共に去りぬ」を母親に無理やり観せられたと言った通り、正祐はそもそも映画を好んでは観ない。

「映画と言っても、出版社の映写室で何人かに観せるという私的なものなんだが」

「試写会ということですか？」

「いや。二、三年前の映画だ。空海《くうかい》を主人公にした小説の、国際的な映画化で評価自体は分かれるものだったらしいんだが。映像の話を聞いたら興味が湧いてな。空海が遣唐使として唐へ渡ったその唐を描いているんだが、どうも当時の唐を忠実に再現しているという話だ」

説明をすると、何故好まないと知っている映画に誘われたのか正祐にも得心がいって、興味も湧いたようだった。

「それは、本当ならすごいことですね」

平安の頃の日本と唐の文化的交流は深く、文字でそれを読んできた者なら再現の難しさは想像がつく。

「白楽天《はくらくてん》も登場するそうだ。驚く程煌《きら》びやかな町、いや都市が観られる」

「百聞は一見に如《し》かずと申しますが、私は文字に強い信頼を於《お》いています。その上で、唐が再現されているならそれは観てみたいです。後学のためにも」

「啓蟄《けいちつ》の日だ。午後なので、半日ほど休みを申請してもらわないとならない」

乗り気になった正祐に、大吾は平日であることはすまないと思いながら日を告げた。

「啓蟄」

虫も這い出る日と教えられて、正祐が立ち止まる。

「申し訳ありません。その日は私、予定がございます」

思いもかけない言葉を聞いて、大吾は目を丸くした。

「平日だろう」

「既に有給申請しております。……友人と、出かける予定が入っているのです」

目を丸くするどころか、大吾は目を見開きそうになって慌てて酒に口をつけた。

まったく他人の気配を纏《まと》わず生きてきた正祐に、「友人ができた」とは、この間大吾はちゃんと聴いていた。

その件については、実のところそれほど乱れてはいなかった。

だが、実のところそれほど穏やかでもない。

そういう厄介な心情だ、というのが大吾の自己認識だった。

「ふうん」

だが、強すぎる自我と自己肯定の塊である大吾の自己認識ほど当てにならないものはない。

気にはなる。

誰と、何処《どこ》へ、何をしに、どうやって。

何故。

そんなことを尋ねるほど、大吾は子どものつもりはなかった。

ただ、さっき乾いた笑いで吹き飛ばしたレット・バトラーが、目の前にちらちらしてうっとうしい。

「残念です。何故半分の船が沈むのに繰り返し当時の人は遣唐使として船出したのか、きっと一目で知れることでしょうね」

正祐は心から残念そうに言って、誰と、何処へ、何をしに、どうやって、何故行くのか語るつもりはないようだ。

「日本では、下人《げにん》の行方は誰も知らないと言っている頃だからな」

芥川龍之介《あくたがわりゅうのすけ》の「羅生門《らしょうもん》」の最後の一文を、大吾が唱える。

隣で呑気にして見える正祐を問い詰めないために、名文をただ呪文のように唱えた大吾だった。


「日本では、下人《げにん》の行方は誰も知らないとか言ってる頃ですからねえ」

啓蟄《けいちつ》の午後、生まれて初めて正祐《まさすけ》にできた友人、片瀬佳哉《かたせよしや》は人の少ない江戸東京博物館を出て両国《りょうごく》駅に向かいながら「羅生門《らしょうもん》」の最後の一文を口にした。

「そうですね……凄惨な社会を描いた『羅生門』が、平安の初期です」

細いつるの眼鏡をかけた人好きのする印象の片瀬は、白樺《しらかば》出版に勤務する、作家東堂大吾《とうどうだいご》が信頼している校正者だ。

同じ校正者として、大吾の情人として正祐は、実のところそれほど乱れてはいなかった。

だが、実のところそれほど穏やかでもない。

そういう厄介な心情だった。

友情を紡《つむ》ぎ始めた正祐と片瀬は、啓蟄の日に改めて江戸東京博物館をゆっくり回ろうと約束して、お互いに有給を取っていたのだ。

そしてそれぞれに江戸東京博物館を見終えたところで、空海《くうかい》を主人公にした映画を観たことがあるかと、正祐の方から話題にした。

歴史に纏わる校正者である二人にとっては、遣唐使、唐を忠実に再現している映像なら興味以上に資料的な意味合いを持つ。

観て、映像の唐の美しさには驚いたと言った後、片瀬は大吾と全く同じ台詞《セリフ》を言った。

芥川龍之介《あくたがわりゅうのすけ》の「羅生門」から、最後の一文を諳《そら》んじたのだ。

「芥川は平安から千年以上後の明治の人物ですが、『羅生門』自体は平安時代に書かれた『今《こん》昔《じゃく》物語集』の説話を参考にしていますよね。僕の精一杯の資料の中でも、日本の都は疫病《えきびょう》や屍《しかばね》、泥土に塗《まみ》れています。半分の確率で船が沈んでも、むしろ帰れなくとも唐を知っていれば唐に行きたかったのはわかる気がします」

片瀬が言ったことは、正祐もまったく同感だった。

大吾から空海を主人公にした映画の話を聞いたときに、心で思っていたことだ。

だがそこから「羅生門」の、しかも最後の一文に結びつけることは、正祐はできなかった。

「……そうですね。現代の感覚で考えてしまうと、何故《なぜ》そんなにも危険な賭けをと安易に思ってしまいますが。遣唐使については」

「戦後の日本の中にあった欧米への憧れは近しいような気がします。僕は今日、江戸東京博物館を堪能してそのことを考えました」

「はい」

そうだ。せっかく友人と江戸東京博物館という素晴らしいスポットにきたのに、つまらないことに気を囚われてはいけないと正祐が顔を上げる。

「資本主義が導入される前の日本の物づくりの美しさを、心から惜しみました！」

江戸東京博物館を、片瀬と正祐は四時間見て歩いた。

広い建物だが、自分と同じ四時間という時間をかけて片瀬が江戸東京博物館を見ていたことが正祐はとても嬉しかった。

「資本主義の導入は、開国後の明治以降といえますね。株式市場が開かれたことで文字通り資本が用意できるようになり、大量生産が可能になりましたから」

「一つ一つ手作りされて大切に扱われた物の美しさ、尊さは資本主義の介入によって失われてしまったものですよ」

四時間、資本主義介入前の江戸に浸りきった片瀬は、江戸にいた。

「片瀬さんがおっしゃっていることは、とてもよくわかります。私は自分が最も生きやすいと思える時代は、方丈記《ほうじょうき》の世界ですから」

「そうですよね。三大随筆も出揃って、いい頃です」

資本主義から更に離れた方丈記の世界の住み心地に普通に同意してくれる片瀬に、正祐は感動した。

それでも、自分に最初の人の世界を開いてくれた人物が、方丈記の住み心地に同意する人ではなかったことに、感謝していた。まるで違ったからこそ、見ていなかった世界にゆっくりと光が差してきたように思える。

「それでも、私は最近思うんです。資本主義の介入なくして、ありえなかった様々を」

この数年で自分は大分変わったと、正祐は知っていた。

「たとえばどんなことですか?」

「社会的な意味なら、飢饉《ききん》による死者は圧倒的に減ったはずです」

「それは……そうですね」

農業の在り方の進化は、資本なくして語れない。

「個人として重要に思うのは、本です」

あたたかな春の日差しが陰り始める駅への道で、正祐は薄いコートの襟を合わせた。

「今日も、ご覧になったでしょう。江戸時代の出版を」

「ああ……彫《ほり》、摺《すり》、表紙掛、綴《とじ》……!」

恐怖を露《あらわ》に、片瀬が暗記してしまった製本の工程を声にする。

「それに、江戸文学は私には少し重いです。明治、大正、昭和初期の文学で私は形成されています。二律背反的な思考ですが、資本主義なくして当時の文学が私の手元に届いたか否か。そもそも描かれることもなかったでしょうし」

資本主義のあるなしは、己の人体の成り立ちに関わると、心に棲む矛盾に正祐はため息を吐いた。

「僕が浅はかでした！　そうですね。開国がなければ翻訳文学もすべて読めていないわけです。恐ろしい……！」

正祐と違って片瀬は翻訳文学への深い思いもあるらしく、春物のネイビーのコートの前を合わせて震えあがった。

片瀬の翻訳文学への思い入れについて、正祐は聴いたことがない。

知り合って友情を深め始めたばかりの正祐と片瀬の会話は、まだ共通の話題から出ることはほとんどなかった。

江戸時代を中心とした歴史と、校正だ。

「資本主義といえば、私は最近宮沢賢治の『なめとこ山の熊』を再読していまして」

共通の話題から、思い切って正祐は一歩外に出てみた。

「宮沢賢治といえば、資本主義と社会主義について考えざるを得ませんね」

そもそも絵本にもなっている童話で資本主義を語り出した自分に、躊躇《ちゅうちょ》なく頷いてくれる友を得たことが心強い。

　ここに他人がいれば何かしら疑問を挟んだが、その疑問もまた重要だとまではわかっていなかった。まだまだ正祐は、社会を理解できていない。

　宮沢賢治いうところの、「世界全体」がざっくりと社会だと思って放っているのは否めない。

「そうなんです。『なめとこ山の熊』の、自然と暮らし、熊と命について対等である小十郎《こじゅうろう》が、資本主義と関わった時にだけ卑屈になる。資本主義の中では彼は弱者だけれど、山や熊とともにある小十郎は深く呼吸ができている気がします」

「塔野《とうの》さんの感想には、ほぼ同意です。けれど」

　駅の手前で、少し言いにくそうに片瀬は足を止めた。

「僕は、『なめとこ山の熊』は、愛し、憎んでいます」

　大嫌いで、大好きだ。

　その時正祐は、平易だからこそ本心を語る言葉を選んだ情人を、思い出さざるを得なかった。

「どうして、ですか?」

　ようようなんとか、平静を保って片瀬に尋ねる。

「大丈夫ですか?　塔野さん、体が傾いてますよ」

　平静は保てていなかったと、正祐は片瀬に教えられ腕を支えられた。

「命が消えていくとき、体に満ちる力が潰《つい》えていくときを、僕自身はまだ経験していません。

けれど、小十郎が水に触るのが億劫《おっくう》になるというのはリアルです。何か、悔しくて」

自分について片瀬は語らなかったが、老いた近親者から同じ言葉を聞いたのかもしれない。

「僕は長野《ながの》で育ちました。長野は山だらけです。子どもの頃はごく当たり前に山に入りました」

もともと二人は駅のそばの飲食店を目指していたので、会話からほど遠い近代的な建物の自動ドアを片瀬は潜った。

「山は、あんなに綺麗ではないです」

片瀬は、大吾と同じことを言った。

同じ景色を知って、同じ言葉を読んで、同じ感情を持った。

それほど一致できる感性を持った片瀬が、新しく作家東堂大吾を支えていることを、正祐は喜ばなければならない。

「塔野さん？」

ついてこない正祐を振り返って、不思議そうに片瀬が呼んだ。

「あ」

それでなんとか、正祐の視界にわずかに光が帯びる。

「すみません。なんだか突然目の前が真っ暗になってしまいまして」

「大丈夫ですか？　貧血ですか？」

慌てて片瀬が歩み寄る。

「いいえ。本当に、ただ黒くなっただけです」

それは物理的な現象だと、啓蟄の正祐は思おうとしていた。


同じ啓蟄《けいちつ》の夕方、大吾《だいご》はいささかストーカー的な振る舞いを己《おのれ》に許していた。

と言っても、待ち伏せた相手は情人ではない。

「よ。偶然だな、篠田《しのだ》さん」

西荻窪《にしおぎくぼ》駅で、歴史校正会社庚申社《こうしんしゃ》の退社時間を狙って大吾は春らしい青碧《あおみどり》色の入った眼鏡の男の肩を、叩いた。

「偶然ですかね……」

きれいなダークグレーのジャケットで笑顔を強張《こわば》らせたのは、正祐の同僚の篠田和志《かずし》だった。

「西荻窪は狭い。ましてやここは駅だ。そうだ、そこにホルモン焼きの店があるな」

「どんな下心があるのかあまり知りたくないですが、東堂《とうどう》先生は存外小芝居が下手《へた》ですね。どうせなら反対側の鳥八《とりはち》に誘っていただきたいです」

「ああ、下心はあるとも。そして芝居は下手だ。更には焼きたいんだ。俺は今日は」

この男に小手先の技が通用しないことは、大吾もよく知っている。

「……おつきあいしましょう」

直球勝負に負けた篠田は肩を落として、店に備え付けられたビニール袋に入れることになるジャケットのボタンを外した。


「啓蟄は普通、俺と出かけるもんじゃないのか」

散々にモツを焼いて、生ビールを四杯呑んだ後、大吾は酔いに全部任せた。

「そういうルールは聞いたことがないですねえ。虫じゃないんですから」

酔いに任せられて厄介極まりないのは、ジャケットをビニール袋に入れて煙に焚《た》かれている篠田だ。

「今日有給だったあんたの同僚は誰と何処《どこ》に行った」

「直球過ぎますよ。先生」

「遠回しにしたらいやらしいだろうが」

トングでシマチョウをぎゅうぎゅうと焼いて、大吾が自棄《やけ》を起こす。

「自分にはもう、なんのことやらです」

「何もかも知ってるんだな」

「そういう視点から言いますと、お気になさるようなことではないような気がします」

倫理観が安定している篠田は、恐ろしく口が堅かった。

だが判断は早い男なのでこのシマチョウのように焼くと言ったらスラスラ話すかもしれないが、大吾としては篠田は網で焼くにはもったない男だ。

「平時なら伊集院《いじゅういん》も誘うところだが」

伊集院宙人《そらと》なら多少焼いてもいいだろうかと、大吾は気が立っているせいか大分酩酊《めいてい》してきた。

「え、それは東堂先生。あまりにもあんまりな行いではないですか?」

まったく酔っていないと見える篠田は、ハイボールを呑んでいる。

「どこがだ」

「先ほどからお話を伺っている限り、東堂先生は平素から親しくしてくださっている弊社同僚に初めての友人ができて、啓蟄だというのにその初めての友人との先約を弊社同僚が守ったことがお気に召さないんですよね?」

「言葉にされると幼稚で恥じ入る。……ギアラと生!」

恥ずかしさのあまり、大吾はギアラと生ビールを追加した。

「ところが一方伊集院先生はどうですか」

「どうですかって……パートナー関係を公表している年上の、まあ美貌といってやっても遜《そん》色《しょく》のない相手に、何か不穏な同姓同名の男が」

「『颪と共に去りぬ』ですよ」

「『颪と共に去りぬ』だな。俺が悪かった。俺の幼稚な感情をこうしてシマチョウと一緒に焼いている場に、そんな有事の最中の伊集院を呼ぼうなどと。人として間違ってる！」

一緒にしていい話ではなかったと、心の底からの反省が訪れる。

「誰が最後にタラに行くんでしょうね。それに比べたら……何故《なぜ》塔野《とうの》本人に訊かないんですか。何故、誰と、何処へ、どうやって、何をしに行くのかと」

酩酊しかけていた大吾は、篠田の素朴な問いにふと正気に返った。

いや、その正気はもともと持っている。だがつまらない感情も、大吾は十分に持っている。

それを持て余して、篠田を誘った。

「塔野には訊かん」

ここは全額奢《おご》ろうと、大吾は決めた。今日は何かと反省が多い。

「何故です」

「友人ができたと、嬉しそうだった。恐らく人生で初めての友を、得たんだろう。嬉しそうだったよ」

友人が、できました。

鳥八で、小さな子どもが秘密を教えてくれるように、正祐は大吾に告げた。

「ここでホルモンを焼いているのは、俺のくそつまらん焼餅《やきもち》だ。そんなくそつまらん感情で、あいつの初めての友情を邪魔したくはない」

それは、大吾にとって間違いのない本心だった。

気持ちを持て余しているが、揺れてはいない。気にしているが、それ以上に情人を愛している。

「感情的でありながら、理性的ですね。感心しますよ」

「ここは全部奢る」

「そうですね。それはもうごちそうになりますとも」

倫理観の安定した男は尋ねない大吾を評価するとともに、ここの呑み代を出してもらう権利があることを忘れはしなかった。

「よく考えたのですが」

「なんだ」

「塔野が先生に友人が誰なのか話さないのは、単に守秘義務的な感情なのだと思うので。自分から話せる範囲でお話ししましょう」

「は?」

一息に教えられた文言を、大吾にしては珍しく一息に理解できない。

「ちょっと待て。何故ここまで話そうとしなかった」

「それは東堂先生の理性を信じ兼ねていたからです。たった今信じたところです。今です。今」

ここまでどうして信じられなかったとは、大吾にもさすがに問えはしなかった。

「同業者ですよ。他社の校正者です。自分が紹介しました。この先お互い東堂先生の校正をすることもあり得ますから、それで塔野は黙っているのでしょう」

篠田は何一つ嘘を吐《つ》いていないが、本当のことが混ざっていないことにまでは、大吾は気づけない。

「ふうん」

「なんですか。まだ納得がいきませんか」

「そういうもんだろ」

苦笑して、大吾はジョッキを持った。

「あいつに初めての友人ができて、それは望外の喜びだ」

そして大きな一口でビールを呑む。

「だが俺の知らない他人と啓蟄に有給までとって出かけていて、おもしろくない」

言葉の軽さに、大吾は笑った。

「まあ、そうですね。そういうものでしょう。その啓蟄に、先生は何処に這い出てらっしゃったんですか」

もう繰り言は終わったと篠田に知れて、出かける予定はなんだったのかと問われる。

「ああ、空海《くうかい》の映画を観てきた。遣唐使が絶えなかった頃の唐を忠実に再現していると聞いてな。唐の都が……なんだ興味はないのか」

話を聞きながら篠田が身を乗り出してこないのは意外で、大吾は途中で話を置いた。

「空海の映画でしたら、自分は原作できちんと昇華できていますから観なくても大丈夫です。唐の都についても、文献の方を信頼しています」

「言われれば……」

読書家としてまったく揺らがない篠田に、大吾にしては例になく言葉に詰まる。

「口惜《くちお》しいな。一本取られた。だがまあ、百聞は一見に如《し》かずという感はあった」

負け惜しみじゃあないぞと笑った自分をしかたなさそうに篠田が見るのに、思ったほどは酔えていない自分に大吾は気づいた。

啓蟄《けいちつ》の翌日、夜ともなれば新月に星が光る木曜日の昼時、いつものように篠田《しのだ》は同僚の塔野《とうの》正祐《まさすけ》と弁当を食べていた。

この庵《いおり》のような歴史校正会社庚申社《こうしんしゃ》の二階からは、低い建物がほとんどの西荻窪松庵の住宅街が見える。

庭木も新芽を出す季節だ。

「箸が進みませんね、篠田さん。お加減でも？」

今日は気持ちだけでも上げようとつるに萌黄色《もえぎ》が入った眼鏡の篠田は、何も知らない正祐にため息が出そうになったがそれも呑み込んだ。

昨夜の酒とホルモンと東堂大吾が、篠田の胃にもたれている。

「俺も年だ……」

特に東堂大吾は胃に重いと、消化にいい白身魚やよく煮たキャベツ、梅干しで彩られた弁当をゆっくり食《は》んだ。

「何をおっしゃいますか。まだまだお若いです。そんな風情《ふぜい》の篠田さんに質問をするのは、さすがに気が引けます」

昨日、もとはと言えば篠田が紹介した同業者、片瀬佳哉《かたせよしや》と有給までとって楽しく出かけたはずの正祐は、少し浮かない顔をしている。

通常篠田は、人と人を繋いでも、後はその二人に任せる。口も挟まないし相談にも乗らない。大人なのだから、個人間のことは当事者の裁量であって当たり前だ。他人が入った方が拗れると、考えている。

「質問の種類によるが、聞くだけ聞くよ」

だが、隣の席の同僚、正祐にだけは違うと判断した。

何しろ正祐にとって片瀬は、恐らく人間界に於《お》いて初めてできた友人なのだ。人間界と分けた理由は、正祐は長く本の中に友情や愛情を置いていたと篠田は知っている。

「ありがとうございます。けれど食欲もないご様子なので、また今度」

「いや、ただの二日酔いだ。ちゃんと食べて水を飲んだら治るさ。話してみろ」

酒と、ホルモンと、東堂大吾《とうどうだいご》からくる二日酔いなど、さっさと流してしまおうと、篠田はよく嚙んで弁当を食べた。

「二日酔いですか。珍しいですね。……それでは、申し訳ありませんが質問させてください。たとえばですが」

出た、意味のない喩《たと》え話と、篠田は言いたいところをぐっと堪えた。

まだ胃の腑に残っている東堂大吾の話をする時、ああ見えて著名人であることから正祐なりに守秘義務を感じるのか、とりあえず喩えてみせる。

「親しい人が語った、私にとって思いもよらないけれど感じ入る視点の書に対する感想を、聴いたとします」

「はいはい」

「別の人物、私が尊敬して大切に思っている人物が、ほとんど同じ言葉で等しい感想を語ったとします」

「はいはい」

大吾と片瀬が、何某《なにがし》かの書に対してそれぞれ全く同じことを言ったのかと、篠田は春の窓辺を眺めた。

「いつもなら、別の角度から見た、違う視点の感想はただ楽しいだけです。けれど、その二人が同じ言葉で同じ思いを語ったことが胸に痞《つか》えてしまいました」

鶯の鳴く声が聴こえる。そろそろ梅も蕾《つぼみ》を膨らませているのだろう。

「これって、どういう感情なんでしょう」

「嫉妬だ」

胃もたれが過ぎて、篠田は一刀両断してしまった。

「……！」

想像もしなかったのか、正祐は箸を取り落としそうになっている。

隣の同僚が息をするのを待って、篠田はゆっくり白湯《さゆ》を呑んだ。

「けれど……そんなことで嫉妬など、すべきではありませんね。むしろ心から喜ばないといけないことです」

喜ばないといけないと、正祐が思う理由は、篠田には察しがついた。

正祐からすると、片瀬は東堂大吾を今後支えていく新しい校正者だ。その片瀬が、正祐にとって感じ入るほどの東堂大吾の書に対する言葉と一致する思いを語ったのなら、それはこの先仕事としてよい展望が見えることだと言えるだろう。

「理不尽や不当も、人間の持つ感情だから。呑み込まなくてもいいんじゃないか?」

一見真っ当なことを言ったように見えるだろうが、篠田は昨夜まさに呑み込まなかった人物に酒やホルモンと一緒に呑み込まれたところだ。

「我慢って、体によくないと思うよ」

「そうですか?」

「俺のね……」

白湯を呑みながら、昨夜のホルモン、いや東堂大吾を篠田は思い出していた。

あいつに初めての友人ができて、それは望外の喜びだ。だが俺の知らない他人と啓蟄に有給までとって出かけていて、おもしろくはない。

そう笑って、彼も正祐に自分のその思いを浴びせるつもりは一分もない様子だった。

代わりに篠田が浴びた。

それを人は理不尽という。

「まあ」

大迷惑だが、それぞれ己の持つ相手への理不尽さをよくわかっていて、どうやらぶつけ合わないつもりの大吾と正祐を、致し方なく篠田は好ましいと思わざるを得なかった。

「おまえの思う通りにするのが一番だと思うよ。俺は」

「そうでしょうか」

きっと、隣の同僚に助言はいらない。

自分でその理不尽な感情をどうするか決めて、そして収めるのだろう。

「そうだよ」

それほど二人を信頼しているわけではなかったが、昔よりは信頼している。

「そういえば新鮮なシマチョウも見た目は美しかった。物事はいろいろだな」

「大丈夫ですか篠田さん……」

心から心配そうに正祐に問われて、苦笑する。

「酒とシマチョウと、何かが胃にもたれている」

信頼とは言葉は美しいが、存外胃にもたれると篠田は今日初めて思い知った。


新月の翌日、金曜日の夜は細い銀の月が空にあった。

「空海《くうかい》の映画はいかがでしたか」

きれいに炊《た》かれた翡翠《ひすい》色のフキと、ワカサギの天ぷらを前にして、鳥八《とりはち》のカウンターで先に啓蟄《けいちつ》のことを尋ねたのは正祐《まさすけ》だった。

「映画自体は悪いがあまりちゃんと観ていなかった。背景が気になってな。『羅生門《らしょうもん》』の頃にあんな美しい豊かな都があれば、俺も遣唐使船に乗ると納得がいったよ」

半分の確率で沈む船に何故《なぜ》乗るのか得心がいったと大吾《だいご》は答えて、からはし純米を呑んでいた。

「おまえは啓蟄はどうだった。晴れてはくれなかったが」

虫も這い出る啓蟄だが、そういえば自分の心のように曇っていたと大吾が思い出す。

「江戸東京博物館に行ってきました。常設展はほとんど変わることはないですが、行く度に初めて知ったように思うことがあります」

「へえ、今回は何を知った」

「開国なくして言文一致による文学の訪れはなかったと、しみじみと思い知りました」

「それはそうだな」

漢文から今の話し言葉に一致させた文体となり、そこから生まれた文学の中で二人は生きていた。開国に様々思うことはあっても、否とは言えない。

「啓蟄らしい気持ちを拾ったじゃないか」

「そうですね。晴れてはくれませんでしたが、よい日でした」

実は世の人は啓蟄にそれほど意味づけをしないとは、大吾も正祐も考えていなかった。

その啓蟄から経った日が浅く、理不尽な感情は癒えていない。二人ともがまだ、嫉妬を抱えてはいた。

以前ならきっと、態度や言葉に出した。

以前とは、いったいいつ頃までのことだったのか。

「最後の新酒がきてるよ。甑倒《こしきだお》しが終わったそうだ」

ふと、カウンターの中の百田《ももた》が独り言のようにいった。

「何処《どこ》の酒だ？」

「白井《しらい》酒造だよ」

甑倒しとは、冬の間の酒造り、寒造りが終わって、酒米を蒸す大型の蒸し器の甑を倒して洗うことをいう。

実際に甑を使わなくても、寒造りが終わる日を「甑倒し」と呼んだ。

「最後の新酒か。不思議な響きだな。呑むか」

「是非」

二人の言葉を聴いて、百田が一升瓶の口開けを始めた。

甑倒しが終わったそうだ。

それは大吾にも正祐にも、百田への私的な連絡のように聴こえた。百田は自分の家族や付き合いのことを、何一つ話さない。気配を感じることも今まではなかった。

緩みが帯びたのかもしれない。それが嬉しいことなのかどうかを知るには、二人ともがまだ若輩《じゃくはい》だった。

知りたい知りたくないというよりは、緩みは油断からくるものなのかもしれないという不安がある。大吾と正祐は、近頃百田のことに過敏だ。

「……受け入れようと、無理をしていたな」

百田の変化に、抗わず心を乱すまいとしていたと、大吾は独り言ちた。

「私もです」

主語も何もないのに、正祐が大吾の心をそのまま受け取る。

「きれいな酒だよ」

ことりと、黒い片口が百田の手でカウンターに置かれた。

「湖のようだな」

「深く見えますね」

きれいだと言った百田に、二人が酒に見入る。

黙って、大吾が正祐の猪口《ちょこ》に酒を注いだ。

何も言わず正祐も、大吾の猪口に酒を返す。

静かに二人は、最後の新酒を味わった。若い味だ。発泡しそうな勢いと、まだまろやかになろうとしない主張の強い酒だった。

「新酒という感が存分にあるな」

「口の中で荒ぶりますね」

酒に気圧《けお》されて、二人して呟く。

「夏越し、秋上がりと、正直売るために季節を名乗らせているように思えることもあるが。名前なりの味はするもんだ。新酒は勢いがいい」

大吾と正祐の感嘆に、百田は笑った。

「その酒も、保存状態のいい場所でやがて夏を越せば夏越しの酒になる。同じ酒だが、ちゃんと味は変わるのは人と同じだね」

甑倒しが終わった新酒を前に、いつもより百田が話した。

この酒が気に入っているのかもしれないし、新酒が夏を越えることを何か遠く近く思うのかもしれない。

時を経て酒が変わるのと同じに、人も変わる。

嫉妬を二人が秘しているのは、己の感情で相手を悪く変えてしまわないためだ。嫉妬は、夏越しの酒を悪く変える、高すぎる温度やよくない空気と似て思えた。

静かに同じことを思っている。何を思っているのかわからなくても、百田の言葉を聴いて百田をそっと見つめながら、同じことを思っているのは大吾も正祐もわかった。

黒い片口の底に沈むような酒を見ているうちに、この間ここで一つ話が飛んだことを、大吾は思い出した。

いや、いつでもできるような話だ。

そう言って途絶えたきり、忘れていた。その話を大吾は、本当はいつも正祐にしようと思いながら長くしていなかった。

「おまえ、いつか遠野《とおの》に連れていってほしいと言ってたな」

右隣にいる正祐に、新酒が入った猪口を置いて大吾が尋ねる。

「よく覚えてらっしゃいますね」

大吾が一番大切な時期を育てられた遠野へ、連れていってほしいと正祐が願ったのは出会った翌年の九月だった。

「俺自身が遠野に帰れていないが……遠野。そうか」

口に出して、理由に大吾が思い当たる。

「行き方を、調べたことがあります。どこからも遠いような土地ですね」

「そうだな。だから離れてみると、なかなか簡単には帰れない」

無意識だったが、「帰る」と二度自分が言ったことに、大吾は気づいた。

隣にいる正祐も、「帰る」という言葉を見つめるようにして聴いていた。

埼玉で生まれた大吾は大事な時期は遠野で育ったが、もう待つ人はいない。心を育ててくれた祖父が亡くなったので、転居して今はこうして西荻窪《にしおぎくぼ》に暮らしている。成人して、作家になって、その時間のほとんどを大吾は東京で過ごしていた。

「郷愁が募《つの》ることはない。普段は」

帰るという言葉がふと二人の間に居座って、大吾が嘘のない気持ちを正祐に教える。

「私には故郷という土地がないので、募らないというのも不思議に思えます」

「そうだろうな。今不意に募ったので、これまでは違ったと俺も驚いた」

帰るという言葉に距離と時間を教えられたのだと、大吾は正祐に告げた。

帰る。帰りたいと考えたことは今この時まではなかった。

もしかしたらいつか帰るのかもしれないと、大吾は初めて思った。書いていても、いなくても。

その時、情人にそばにいてほしいとただ心の中で思う。里を持ったことがない正祐に、雪深い田舎での暮らしを強いることはできない。

「育った後に、故郷を持つこともあるように思います」

正祐は東京の白金《しろかね》に生まれ育って、大学時代を鎌倉《かまくら》の祖父と二人で暮らした。その時間が正祐を育てた。鎌倉は正祐にとって特別な土地だが、帰るという感覚はない。

今まで考えたことはなかったが、情人はもしかしたらいつか遠野に帰るかもしれない。情人には遠野は、「帰る」土地だと知る。

できるならその時大吾のそばにいたいと、正祐は心の中で思った。

「近いうちに、遠野に行かないか」

それが、いつでもできると思いながらずっと言い損ねていた、大吾の話だった。

「……嬉しいです」

返事の前に、正祐の口から感情がこぼれる。

「行くなら二泊はしたいが」

「有給休暇を申請します」

浮足立つようでもなく、淡々とするでもなく、未知のことなのに二人は落ち着いていた。

何か、準備ができたということなのかもしれない。

老いた手が二人の前に、一つの小鉢を置いた。白い小鉢の中には、申し合わせたように山ウドの酢味噌《すみそ》和《あ》えがきれいに箸を待っている。

「山ウドですね」

薄く切られてさらされたのにちゃんと山のえぐみを残しているウドを、正祐は口に入れた。

「遠野に行ったら、なめとこ山を探そう」

山を咀嚼《そしゃく》して呑み込む正祐に、大吾が告げる。

「はい」

山に入って「なめとこ山の熊」を読みたいと、それはとても正祐の心を躍らせた。

「一緒に同じ景色を見たら、あなたと同じように見えるんでしょうか」

山はあんなに綺麗じゃない。

自分もそう思うのだろうかと、正祐がその日を楽しみに思う。

「それはわからん」

首を振って、大吾も山ウドを口に入れた。

「そうですね」

同じものを見て、同じ書を読んで、それでも同じようには思わないかもしれない。

そうして二人の間にあるものは、段々と変わっていくだろう。今は新酒を名乗っている、手元の酒のように育っていく。

きれいに育てるために言わずにおくこともきっと、増える。

それぞれが胸に秘めた思いをそのままにして、湖のようにきれいな酒を、ゆっくりと二人は呑んだ。

色悪作家と校正者のドリアン・グレイの庭から

いろあくさっかとこうせいしゃのドリアン・グレイのにわから

風と共に去ったのは意外な人物だったらしく、五月の光の降る庭、鎌倉《かまくら》の白洲絵一《しらすえいち》邸のウッドデッキに、東堂大吾《とうどうだいご》と塔野正祐《とうのまさすけ》、そして篠田和志《しのだかずし》は招かれた。

驚くほど旨《うま》い白洲のスクランブルエッグやカスレを振る舞われて、一月の「宮沢賢治《みやざわけんじ》を語る会」が存外楽しかったから招いたのだという告白を、伊集院宙人《いじゅういんそらと》を傍らにした白洲から受ける。

不可思議ながらもどうやら五人は、今後も友情を紡《つむ》いでいくことになりそうだ。

「そういえば、あの中華飯店、時間帯によっては鮮魚を丸ごと選んで調理を任せられるんだ」

次回五人で「フェリーニを語る会」を催そうという約束が交わされ、何故《なぜ》招かれたかわからなかったのでダークグレーのシャツに墨色のジャケットできめてきてしまった大吾が思い出す。

一月に集まった西荻窪《にしおぎくぼ》の中華飯店は、そもそも大吾が好んで使っていた店だった。

「ピータンのあまりのおいしさに夢中になっていて、知りませんでした」

同じく文芸界の貴公子からの招待の理由がわからなかったので、日曜日だというのに正祐も鼠《ねずみ》色のスーツを纏《まと》っている。

「……実は自分は個人的に行って、目撃したことがあります。氷の上に新鮮な魚が丸ごと何種類も並んでいるのを見せてくれて、選べるみたいですねえ」

うっとりする光景だったと、ガンクラブチェック柄のジャケットに麻のシャツできめてきてしまった篠田は、深縹色《こきはなだいろ》のつるを耳に掛けなおした。

「それは随分と興味深いね」

白いシャツに薄いブルーグレーのパンツで不思議なほど今は庭に溶け込んでいる白洲は、ダークネイビーのエプロンを外して椅子に掛けている。

「五島《ごとう》列島から仕入れているんで、入る日と入らない日があるそうだ。なかなかの趣向なんで値段もぐっと上がる。だが最初から五人だとわかっていれば、入る日を確認して一尾か二尾頼むのもいいんじゃないか？」

「そうなるともう中華に決定ですね。自分としては是非《ぜひ》もないですが」

「私もその鮮魚を目撃したいです……」

篠田と正祐は会社員なのもあって、大吾が価格の話をちゃんとしているのはありがたかった。

「僕も見たいよ」

白洲は生まれた家が名家な上に、今は作家として名を成してこの鎌倉の邸宅を維持しているので、金銭感覚というものはないに等しい。

そこは同じ作家でも大吾は経済的には普通の家庭に生まれた上に、一千万で祖父に買われ、岩手県遠野《とおの》で本以外は何か欲しいと思う隙《すき》もない生活をしていて、売れなかった時期も経験していているのでしっかりしていた。

「俺も見たい。いろんな魚」

髑髏《どくろ》のTシャツで朗《ほが》らかにしている宙人は、売れっ子時代小説家だということとは無関係に実家暮らしの現代っ子で、今並べられた魚を選んで調理してもらうと幾らになるかをわかっていない。

「まあ、人数がいてもいつもよりは一人二、三千円上がるだろうな。実はこの間、六月はアカハタ、クロムツ、イサキ、クエ、ヨコスジフエダイ、マゴチあたりじゃないかと厨房《ちゅうぼう》で話しているのを、昼に担々麺《たんたんめん》を食ってるときに聞いてしまったんだ」

「よく覚えましたね……それにしても素晴らしい並びです」

感心半分、呆れ半分正祐が魚の名前にため息を吐いた。

「ホールの女がメモを取るんで復唱していて、二度耳に飛び込んできたんで胸に刻まれた。六月の夜の時間に行きたいと思ったが。一人や二人じゃとてもな」

そういう意味で鳥八《とりはち》がありがたいのは、一人客には一人客の皿を仕立ててくれるところだ。中華となると何しろ円卓を囲むぐらいなのでもともと大皿なところに、今並べたような魚を一尾は二人でも厳しい。

「そうとなったら、魚が入る日を確認して予約をしたいが」

五島列島の鮮魚にお目にかかりたい大吾は、四人を見まわした。

「来月かー。俺、映画何本観たらいい？」

意外にも宙人だけが、中華飯店で集まる主旨を忘れていなかった。

「あ……そうだな。代表作と考えたら、『8 ½』、『フェリーニのローマ』」

「『甘い生活』も入れたいですね」

代表作を数え始めた大吾に、篠田が「甘い生活」を沿える。

「私も、来月までにその三本を……いえ、私だけが『道』を観ていないので四本ですね」

芸能一家に生まれながら正祐はあらゆる芸事が苦手で、最近では情人の大吾でさえ趣味の映画は一人で出かけていた。

「消化不良を起こすんじゃないか。塔野は」

同僚である篠田が、無茶だと端的に正祐に言う。

フェデリコ・フェリーニは、黒澤明《くろさわあきら》、イングマール・ベルイマンとともに世界三大監督と称えられた映画監督だ。中でもフェリーニは文学的と大吾や白洲、篠田は捉えていて、「道」の話題から語る会を開こうという流れになったが、そこに俄《にわ》かに五島列島の鮮魚が介入した。

「そうだな。鮮魚は惜しいが、ひと月でフェリーニ三本から四本を観て語るのはお互い無理があった」

「篠田さんと東堂先生の言う通りだね……」

隣で「なんで？　どうして!?」と問いかけ嘆く宙人にフェリーニを観せるのは自分の仕事になると思うと、白洲の声も淀《よど》む。

「でも魚は食べたいよ！」

「私も……私が映像に不慣れなせいで鮮魚が流れていくのを惜しみます……」

これからフェリーニを履修する宙人と正祐は、流れていく鮮魚を見つめた。

「鮮魚はまた入るだろう。だがそう考えたら、フェリーニを語り合うには半年から一年の時間が必要じゃないか？」

いつもは、正祐と、時には篠田と、それぞれが読んできたであろう文学について語ってきたが、今回は違うと大吾が気づく。

「でも魚食べたいから、塔野さんがいいなら俺は来月で大丈夫だよ」

何が一体大丈夫なのだとは、実のところ全員が思ったが誰一人口に出さない理性を持っていた。

「『道』、悲しかったんだろう。伊集院。あの監督の映画を三本もひと月で観るのは困難だろうに」

大吾にしては控えめに、「お互いに無理」というのは既にフェリーニを観ている自分たちを含めていると、言外に告げる。

「大丈夫。だって、わかんないのはいつもだもん。この間の宮沢賢治もだいたいわかんなかったし、夏目漱石《なつめそうせき》のときはほとんどわかんなかった。お魚は楽しみ」

なので自分にはフェリーニでもなんでも同じだと宙人は明快に教えて、愛人の教師でもある白洲が隣でこめかみを押さえた。

「そう言われると、おまえには悪いことをしてきたな……」

もとは善人な部分も多い大吾が、俄かに宙人に申し訳なくなる。

「本当ですね。だいたいとか、ほとんどとか」

「申し訳ないです」

夏目漱石と言文一致論争に巻き込んだのが最初だったと思い出すと、正祐も篠田も大吾と同じ気持ちになった。

「でもちょっとは毎回、なんか持って帰るよ。中華はいつもおいしいし、全然わかんないときは全然聞いてないから大丈夫だよ」

どう応答したらいいのかわからないことを宙人に言われて、三人が隣の白洲を助けを求めるように見る。

「思ったんだけど」

もちろん当の白洲は、自分の愛人がなかなかに散々であることをよしとは思えていなかった。

「フェリーニは、それこそ東堂先生が言うように一年後にして。来月の鮮魚を囲むときは、君が決めたテーマについて語るというのはどうだろう」

愛人ゆえに、白洲は他の三人より深い慈愛をもってこの件を考えた。

「それはいいな。そうだ、確かにいつもおまえのことは置いてきぼりだった」

「伊集院先生の愛読書について語るのも新鮮です」

「『鬼平犯科帳《おにへいはんかちょう》』ですかね。池波正太郎《いけなみしょうたろう》ならもちろんすべて読んでますよ」

なるほどと、大吾も正祐も篠田も頷く。

「え⁉　俺がテーマ決めていいの？」

愛人の提案は、もちろん宙人を存分に輝かせた。

「じゃあ『ドラえもん』！」

そして宙人意外の全員が、愛人の深すぎた愛と、それゆえの近視眼を思い知らされることになる。

長い沈黙が、五月の庭に流れた。

「どうしたの？　知ってるよね、『ドラえもん』」

「猫型ロボットのアニメだな」

白洲が頭を抱えたのを気の毒に思って、とっさに大吾が持てる知識の全てを放つ。

「アニメっていうか、もとは藤子《ふじこ》・F《えふ》・不二雄《ふじお》先生の漫画だよ」

「すみません……あの、形状はもちろん存じております。形容詞的に使用されることがありますから。私が目視した限りでは、猫型にはとても見えなかったのですが」

調べ物をしているときに「ドラえもん」の絵は見たことのある正祐が、「猫型とは」と大吾に物申した。

「まさか二人とも『ドラえもん』知らないの⁉」

「俺はほとんどテレビを観ないで育ったんだ」

「私もなんです」

今もテレビを必要としない生活をしているのは、大吾と正祐にとっては大きな一致点だ。

だが二人ともがテレビを必要としていないので、それがどれだけ恋愛関係にある二人にとって重大な一致点なのかお互いに気づいていない。

「白洲はどうなんだ」

何か分《ぶ》が悪い気がして、大吾は白洲に水を向けた。

「僕は、去年映画館で初めて彼と映画を観た。以来時々過去作品も観ているよ。冒険や、異文化、異種との交流と理解を描いた名作が多い」

「映画なのか？」

「待って待って待って！」

愛人が大吾に語り始めた説明に、宙人がストップをかける。

「びっくりする！『ドラえもん』はやめ！四十五巻もあるのにわかってなさすぎ‼」

「四十五巻とは、さすがだな」

国民的作品だとは大吾も理解していて、素直に声が出た。

「ちょっと考えさせて」

腕を組んで、宙人は珍しく眉間に皺を作って考え込んだ。

その時間、沈黙して四人が続きを待つ。

何が飛び出してくるのか皆目見当もつかず、挟める口は誰にもなかった。

「わかった。『エスパー魔美』がテーマです」

わかったとは何処《どこ》にかかるわかったなのかと、全員が言いたい。

「同じ藤子・F・不二雄作品だけど、九巻しかないから。それにめちゃくちゃ名作だから。俺が全員に配ります」

わかった、の答えらしきものを語って、宙人は携帯を取り出した。

「配らなくていい。自分で買ってこそ正当な評価ができる」

正直書店のどのコーナーにあるのかも今はわからなかったが、大吾が制する。

「もう庚申社《こうしんしゃ》に三セット送っちゃったもん。ここには俺が持ってくるね」

「え、今送ったんですか」

隣の白洲を見ている宙人に、常々自分にとっては電話とメールができる板でしかない携帯で、宙人が何をしたのかと正祐は目を剝いた。

「僕は、こういうことには慣れてきたよ……」

実はその文明の利器に世界がもう慣れていることを知らない白洲が、正祐に若干上から告げる。

「篠田さん、ずっと黙ってるがいいのか？　伊集院宙人が御社に三人分の漫画を送って、それが来月のテーマになるようだが」

多少は異論を挟んでほしいという願いを込めて、大吾は篠田に言った。

「すみません、実は自分は」

ただ静観していただけだと、篠田の落ち着いた風情《ふぜい》が既に語っている。

「フェリーニも観ますし、文学も愛しますし、漫画も楽しんでいます。『ドラえもん』についても恐らく標準的には理解しています。スマホも必要であれば使うので」

穏やかに、篠田は微笑《ほほえ》んでいた。

「結論が出るのを待っていました。『エスパー魔美』は初読です。本代は、中華の日に清算させていただく形でよいですか？　伊集院先生」

「プレゼントしてもいいのに」

「公平性は担保《たんぽ》されなくてはなりませんから」

笑顔で篠田が、宙人に告げる。

「よくわからんが、だったら最初っから交通整理してくれ……」

「本当ですよ」

ぼやく大吾の隣で、正祐も頷いた。

「僕は色々と慣れた」

白洲は少々、油断している。

フェリーニからの、鮮魚と中華を経てのテーマ設定の行く末を、繋げて予見するのは誰一人として無理だった。


何がどうなっているのか二人には不明だが、翌日三人分の漫画が庚申社《こうしんしゃ》に届き、正祐《まさすけ》は大吾《だいご》に一セットを届けることになった。

「急がなくていいと言ったのに。鮮魚を仕入れる日を、まだあの中華屋に訊けていない」

五月初旬の晩、駆けるような風情《ふぜい》でやってきた正祐に、急《せ》かしたつもりはないと部屋着の大吾は居間に招いた。

いつも二人が書について交わす、紫檀《したん》の座卓が置かれた和室だ。床の間には大吾の祖父の遺言を書家に書かせた、掛け軸がある。

「すみません。私の方で急いだ次第です」

表情が薄い正祐にしては焦りを顔に浮かべて、本が入っていると思《おぼ》しきトートバッグを机に置いた。

「そんなに重そうでもないな」

本にしてはと、大吾が呟く。

「ええ。紙が違うんですね。驚きました。インクの量の問題かもしれません」

「なるほど。立ってないで座れよ」

何か落ち着きのない正祐に、先に座して大吾は畳を示した。

「どうした」

「そのお言葉、待っておりました」

どうしたと訊いた大吾に、ようやく正祐が隣に座る。

「お願いがございます」

「おい……なんだよ。時代劇のようだぞ」

テレビはないが、映像で観ることはある時代劇の中にいるようだと、大吾は若干体を引いた。

「恥ずかしながら、正直に申し上げます。読み方を、指南してください」

「は？」

ますます時代劇めいて三つ指をつく勢いの正祐が、自身に恥じ入りながら願い出る。

大吾にはすぐに意味がわからなかった。だが少し考え込んで、正祐と漫画の話は、風刺画について少ししたことがあるだけだと気づく。

「待て。実は俺も漫画には疎《うと》いんだ。ガキの頃は読まなかったし、じいさんのところにはなかった」

埼玉県の両親のもとで生まれ育った頃にも大吾が漫画に触れていないというのは、正祐にも想像がつく話だった。

「だが、読んだことはある。手塚治虫《てづかおさむ》は読んだ。傑作だ」

まさか本の読み方がわからないなどとそんなことがあるかと、それでも恐る恐る大吾がトートバッグからコミックスを取り出す。

手にしてみても軽さに驚いた。子どもが読むことを考えてなのか、または正祐が言うようにインクの量に応じて紙の耐性を決めるのかと、大吾も考え込む。

「何故《なぜ》」

覚えず言葉になったのは、表紙になっている少女の髪型だった。

「いや、俺の小説を原作にしたアニメやゲームも髪の形は物理を無視していることは多い」

そうしたことをいちいち気にするのは無粋で無礼だと、大吾は最近やっと身に染みたところだ。

「私の弟も物理の法則が不明な衣装を着て踊っています。問題は物理ではありません」

一巻だけが二冊あることに、大吾が気づく。

本気で読み方を教えられにきた正祐の焦りを知って、大吾も焦った。

思い切って一頁目を捲る。

「右から左に読む」

そういう法則だと見極めて、大吾は正祐に告げた。

同じ一巻を手にして、正祐が捲る。

「誰の言葉なのか混乱します」

「吹き出しが誰から出ているのかは示唆《しさ》されている」

「絵と文字を同時に読むのが困難です」

「確かにそうかもしれん。だが多くの人に読まれているのが漫画だ。困難でも読み進めてみろ」

沈黙して、大吾と正祐はそれぞれ一巻を読んだ。

大吾は手塚治虫という素地があるので、慣れていくと逆に読みやすくてページが進む。

自分の分は習うつもりで一巻だけを持ってきた正祐は、完全に大吾に置いていかれた。

「コンポコ、とは」

「主人公が説明している」

犬なのか猫なのか狐なのかと形容されている主人公のペットに疑問を呈した正祐に、先を読んでいる大吾が「惑《まど》うな」と励ます。

「すごいな。一つのコマの中に、上から見た部屋が自然に描かれている」

その主人公の部屋を、天井から床に掛けて一目で全て見渡せる大きな絵に、大吾は感嘆した。

「すごいです」

遅れてその絵に到達した正祐もため息が出る。

読み方をなんとか捉えていくと、内容は驚くほど素直に心に入ってきてくれた。


「平凡な風景のようでいて、社会問題を児童の目を通して描いている。七十年代前後といったところか」

「進化した伝達方法ですね」

その伝達方法が切り開かれてから半世紀以上が経っていることに気づかないまま、正祐もただただ感心する。


「超能力を使えることにしっかりした理由もある。しかし語彙《ごい》が、七十年代とはいえ中学生のものとは思えないな」

「作者の知識量と、見識の深さに驚かされています」

「この犬が魔女の」

「私はまだ一巻なので先のことは語らないでいただけますか⁉」

物語に耽溺《たんでき》していた正祐が、会話の流れで迂闊《うかつ》にネタばれしようとした大吾に癇癪《かんしゃく》を起こした。


「悪かった。突然だな……」

「すみませんカッとなってしまって。おもしろさがわかってきたので、つい」

「おもしろいな」

「おもしろいです。風俗的にもその時代の背景がかなりきっちり描き込まれているので、資料的価値も持っているのではないでしょうか」

「分析は後だ。伊集院《いじゅういん》、これを選ぶとは侮《あなど》れんな」

そのまま二人は、寝食を忘れて「エスパー魔美」を読み続けた。

大吾の方が読む速度が速いので、一巻しか持ってきていなかった正祐も丁度良く大吾が読み終わった次の巻に進むことができる。

全九巻を正祐が読み終わったとき、梅干しののった茶漬けが紫檀の座卓の上で湯気を立てていた。

「あ……」

最終回の最後のコマに感慨を置いて顔を上げた正祐が、先に読み終えた大吾が茶漬けを用意して待っていたくれたと知る。

「午前三時だ」

「すみません。止まらなくて……」

「俺もだよ」

大吾は苦笑して、二人は向き合って茶漬けの前に座った。

「ありがとうございます。いただきます」

「高級洋食店のエスカルゴや鴨ステーキが出てきて、確かに正確な時代の風俗を感じたな」

「今とは違いますね。自分の生活の中になかったからなのか、食べたいという感情は起こりませんでした」

「俺もだ。それで茶漬けだ。カップ麺は旨《うま》そうだった。あれは今もあるな。そうか、経験していない高級洋食はピンとこないものなのかもしれないな」

なるほど心が動かなかったわけだと、正祐の言い分に大吾がうなずく。

「伊集院先生を見直しました。とても大切なメッセージを、多くの人にわかるように描く傑作です」

「あいつ、いい読書体験をちゃんと経《へ》てる。言いたかないが、伊集院の作品にその読書体験は間違いなく反映されてるよ」

「そういうものなんですね」

正祐は書く仕事ではないので、作家として大吾が宙人を評したことに、歴史校正に於《お》ける伊集院宙人作品への苦労も忘れて微笑《ほほえ》んだ。

この時間に名作を一気読みした後では、恋仲でも読後のよい後味を噛みしめて眠るしかない。

「しかし、どうしても一点気になる」

批判を挟みたくない作品だったが、どうしても居残った問題が、大吾にはあった。

「ええ。私もです」

何と言わなくとも、恐らく同じことを正祐も心に残している。

「一息に読み過ぎました。読み方を教えていただいたので、再読してまた考えます」

「そうだな。そうした話はまた来月だ。中華屋に鮮魚の日を確認してくる」

仕事柄昼間動ける大吾は、ランチタイムの担々麺《たんたんめん》を食しがてら尋ねにいこうとカレンダーを見た。

「ここで読んでしまって、お茶漬けまでいただいてしまって本当にすみませんでした。私は帰って寝ます」

「届けてもらって助かった。月が明るいが、気をつけて帰れよ」

立ち上がった正祐を玄関まで送りながら、歩くには非常識な時間を大吾が案じる。

「スーツの成人男性ですから」

「まあ、それはそうなんだが」

ふと考え込んで、大吾は沓脱《くつぬぎ》に降りて雪駄《せった》を履いた。

「一人で帰れます」

「歩きたくなったんで、散歩がてらだ」

二人して外に出ると、晴れた夜空の満ちていく月がきれいだ。

敷地の中から出ようとして、大吾が正祐の髪に触れる。

「どうなさいました」

不思議そうに見上げる正祐の額に、大吾は唇で触れた。

「知ってはいたが、俺はおまえを大切に思っているようだ」

故あって今それを思い知ったと、大吾が正祐の指を取って歩き出す。

理由を知っている気がして正祐は沈黙し、二人は月明かりの下の往来を、ゆっくりと歩いた。


水無月《みなづき》、宵待月《よいまちづき》の日に鮮魚が入ると大吾《だいご》が確認して、夜に店で待ち合わせた五人は一つのワゴンに載せられた魚に目を見張った。

「向かって右から、アカハタ、クロムツ、イサキ、クエ、ヨコスジフエダイ、です。マゴチは今回は入りませんでした」

深い漆黒、朱、鮮やかな赤、濡れている墨色の新鮮な魚が、氷を敷き詰めたパットの上にきれいに並んでいる。

「誰か、主張があったら言ってくれ。俺はどれでもいい」

「珍しいことをおっしゃいますね」

円卓に、右回りにグレーのシャツの大吾、白いシャツの正祐《まさすけ》、細かいストライプのシャツに珊瑚《さんご》色の入った眼鏡をかけた篠田《しのだ》、若草色の麻のシャツの白洲《しらす》が座っていた。

白洲と大吾の間に宙人《そらと》がいるわけだが、宙人の服装については誰も言及しない。

「どれだって旨《うま》いに決まってる」

「もっともですが、自分はヨコスジフエダイに興味があります。きれいなので」

「篠田さんの眼鏡と色が似てる！」

つるに入った色に気づいて、宙人がいつもより朗《ほが》らかな声を上げた。

「本当にきれいだね。食べ方は？」

この店にいつもいる黒いワンピースの知的な女性に、白洲が尋ねる。

「これは大きさがありますので。半身カルパッチョにして、半身塩焼きにすることも可能です」

「それはとてもいいですね」

丁寧に説明してくれた女性に、白洲が丁寧に返した。

「五名様ですと、二尾でも」

よかったら、と彼女が魚を掌《てのひら》で示す。

「おすすめを聞いてみたいが」

どうやら彼女には伝えたいメニューがあるらしいと気づいて、大吾は訊いた。

「こちらのアカハタは、清蒸《チンヂョン》にするとおいしいかと」

「チンジョンって？」

実は全員が経験のない食べ方だったが、尋ねることに長《た》けている宙人が代表して訊く。

「一度、アカハタを蒸します。タレを掛け、白髪ねぎ、生姜《しょうが》を刻んで、その上から高温で熱した油を掛けまわします」

「なんだかよくわかんないけどめちゃくちゃおいしそう」

感想も、宙人が代表してくれた。

「俺は頼みたいが」

「私もお願いしたいです」

「いいですね、楽しみです」

「僕もいただきたい」

全員の希望が一致して、魚は二尾と決まった。

「お時間いただくことになりますが」

「もちろん。ピータンや……そうだな、前菜の盛り合わせで軽く呑むのはどうだ?」

二尾の魚は豪勢な皿だろうから、チビチビやって待つかと大吾が提案する。

「それがいいですね。とりあえず生で」

「僕も最初は生で」

湿った六月にいきなり紹興酒《しょうこうしゅ》から入る強者《つわもの》はおらず、「前菜の盛り合わせと生五つ」と大吾は注文した。

「楽しみですね。ヨコスジフエダイとアカハタ」

「ねえねえ、それも楽しみだけど！　なんでみんな突っ込んでくれないの⁉」

ジャケットを脱いで宙人が、Tシャツの絵を皆に見せる。

「主題はその猫型ロボットじゃないはずだが。白洲、おまえには本当に感心する。どうしてこの猫型ロボットのTシャツを着ている方を選んだ。雷にでも打たれたのか」

「或《ある》いは打たれたのかもしれないね……」

かわいい愛人と公言している故に、白洲は宙人の思い切ったTシャツ選びに大吾に問われるまでもなく額を抑えた。

「そんとき俺タキシード着てたもん」

「詐欺行為じゃないですか……」

思わず正祐までもが、白洲の選択について宙人を咎める。

「でも一緒に歩くとき恥ずかしいだろうなって思って、ちゃんとジャケット着てきたよ」

「俺たちにも気遣《きづか》え！」

狭い中華飯店には今のところこの五人しか客がおらず、黒いワンピースの女性はいつでも無の表情をしているが、青と白と赤の色彩はあまりにも鮮やかだった。

「先生への敬意だよ。どうだった⁉『エスパー魔美』！」

身を乗り出した宙人に気遣ってか、細やかな白い泡が美しい生ビールをそっとホールの女性が置いていく。

示し合わせてもいないのに、大吾、正祐、篠田が同じ長形四号の封筒を宙人に差し出した。

「ナニコレ」

「書籍代です」

消費税まででピッタリ同額入っている封筒を正祐と篠田からも預かって、大吾が宙人に渡す。

「いいのにー」

「安さにも驚いた。対価以上に感じたことについては、おまえに感心もした」

「自分もです」

本の価格以上だったと大吾と篠田が言ったと、宙人に伝わった。

「じゃあ『エスパー魔美』を語る会に乾杯！」

封筒を受け取った宙人の音頭で、五人でグラスを合わせる。

「おもしろかったでしょ？　めちゃくちゃいい話いっぱいだったでしょ？」

一円単位まできっちり本代を渡された理由を、宙人はまるでわかっていなかった。

「自分からいいですか？　自分は『ドラえもん』は知っていましたが、『エスパー魔美』は今回初めて読みました。七十年代前後の風俗の資料的価値を強く感じましたし、当時の時事問題を扱っていてあれだけわかりやすいことには、もっと評価されるべきだと思いましたよ」

「ナニ言ってんの？　篠田さん。魔美ちゃんめっちゃいい子じゃない？」

大好きな「エスパー魔美」に篠田が賛辞を向けたことが今一つ伝わらず、宙人が目を丸くする。

「あの風俗描写は素晴らしいね。僕は親世代の文化を子どもの頃浴びたので、立体的に感じられたよ」

「ほんとナニ言っての？　漫画は二次元だよ？」

愛する人が篠田に同意するのに、宙人は困惑を深めた。

「群集心理の恐怖が繰り返し描かれて、幼い頃にこの作品を通ることの意義を僕は感じた。主人公の親が戦争を経験していることを、重くなりすぎずに強いメッセージに転化している。作者の知力を大きく感じたよ」

続けて白洲が大事なポイントを語るのに、宙人の目がますます丸くなる。

「魔美ちゃんかわいくない？」

「そこだ」

絶対に宙人とは違う「そこだ」を、大吾は言った。

「主人公をサポートする少年を、聡明で正直かつ現実的に描いている。あの少年はＩＱが高いという設定なんだろう」

「え？　高畑さんのＩＱなんか何処《どこ》にも書いてないよね。俺子どもの頃から何百回も読んでるけど」

「記憶力、応用力、判断力、どれをとっても常人のものじゃない。その上誠実だが、諦念《ていねん》を知っている」

「その通りですね。諦念を知っていて、それでいて言論の自由や人の命を決してあきらめないことが矛盾なく伝わってきました。知力からくる判断と、感情からくる行動が両立していることが自然で吃驚《きっきょう》しました」

「テイネン……？」

「前菜の盛り合わせです。二皿にお分けしました」

テイネンで固まった宙人を助けるつもりではないだろうが、きれいな紫色のピータン、青いザーサイ、三種の腸詰めがのった大皿を二つ、女性は静かに置いていった。

「そこまでの能力を持った少年が主人公をサポートすることによって、純粋な者が敢えて思考しないことの価値が描き出されていた」

「何処に描いてあったのそれ……」

提案した「エスパー魔美」が大絶賛されていることが全く伝わらず、宙人は腸詰を嚙んだ。

「みんな、作品がとても素晴らしいという話をしてるんだよ」

仕方なく隣の愛人が、宙人に教える。

「だが、一点大きな問題を感じた」

「私もです」

「まあ、それは自分もですね」

大吾、正祐、篠田は、どうやら三人ともが同じ問題点を残していると顔を見合わせた。

「どんな問題だい？」

尋ねたのは白洲だった。

「中学生の主人公が、全裸の絵を父親に描かせていることだ」

「その絵が展示され、売買されていることも大きな問題だと私は思いました」

「主人公が恐らく情操的に幼く、義務教育段階で全裸である問題に無自覚なのが自分は恐怖でした。第二次性徴《せいちょう》がまだ見えていない表現もありましたから」

「ああ、発育について彼女は知らなかったな」

ということは恐らくまだ第二次性徴がきていないとまでは、大吾は言わなかった。

「ちょっと待ってよ！　あれは芸術だよ⁉　お父さんちゃんとした画家さんじゃん！」

三人の言い分が伝わって、宙人が血相を変える。

「そうだね……芸術だからそこは触るところではないと、僕も捉えたけど」

宙人の味方をしたわけではなく、白洲は全く問題に思わなかったことを吐露《とろ》した。

「父親や、主人公が触らなくても、触る悪《あ》しき者は残念ながら存在する」

「ちゃんと作品の中で、魔美ちゃんそれで危ない目に遭《あ》ってたじゃん！　女の子が裸になったら危ないよっていうメッセージ描いてあるよ！」

宙人らしからぬ、論理性の高い反論が三人になされる。

「もちろん、そのメッセージは受け取りました。けれど彼女自身のその場での危険はもとより、と私は考えます。中学生で第二次性徴を迎えていない彼女には、全裸の絵を描かせる自己決定権がありません」

「どういうこと？」

丁寧に言った正祐に、頼りない泣きそうな声で宙人は訊いた。

「もう少し細かく、自分に語らせてください。彼女が十三、四だとします」

説明は自分の方が向いていると判断した篠田が、宙人に語る。

「うん。そのぐらいだよね」

「少女の頃に全裸の絵を残し多くの人に見られたことに対して、大人になった時にどう思うのか、誰にもわからないという話です。彼女の成長課程で人格に影響を及ぼす可能性もあります。とても恵まれた環境なので、多少は安心もしますが」

けれど不安だと、篠田は心から感じたことを伝えた。

「だけど……だけどだけど」

「名作であることに間違いはない。だからこそその一点が大きく気にかかる」

もったいないと、大吾は捉えている。

「そんなこと考えるのはこっちがスケベだからだよ！」

「そうだ。だから心配している」

真面目な話をしていると、大吾にしては丁寧に宙人に伝えた。

「時代性は、あるんだろうと思うよ。僕は」

三人と違って問題に思っていなかった白洲が、今考えたと、ゆっくり言った。

「新聞を読んでいると、親が子どもの写真をソーシャルメディアに安易に掲載することが現代では問題のようだ。まさに今、みなさんが言ったような理由で。けれどそれは、ソーシャルメディアの発達によって爆発的に増えた問題だからこそ、得られた倫理観だとは言えないかい？」

「まあ、一理あるな。この作品が描かれたとき、今俺たちが感じてる問題意識はほとんどなかった可能性もある」

白洲の言い分に、なるほど社会通念は進化していると大吾もそこは納得する。

「作品を評価しながらも、この子に何が起こるかわからんという不安が現代の俺には付きまとった。家に届けてくれた塔野と一気に読み終えて、午前三時になったんだが」

先月の月の明るい晩のことを、大吾は語った。

「その不安が残って、塔野が帰宅するのに送っていった。普段ならしないことだ」

自分のことに引き寄せて「不安」という似合わない言葉を大吾が使うのに、宙人にもその不安の正体が段々と伝わる。

「でも、魔美ちゃんはきっといい子に育つよ」

悲しげに宙人が俯くのに、さすがにそこで言葉が途絶えた。

「僕は」

隣にいる宙人の背を、そっと、白洲が摩《さす》る。慰めるように。

「子どもの自己決定権のことは、考えたくないかな」

「何故《なぜ》」

議論から降りた白洲に、驚いて大吾が訊ねた。

「その問題定義は、君たちに任せる。大切な話だとはわかったが、僕はまだ、冷静に考えられるほど大人ではないようだ」

苦笑して、白洲らしくない自己否定が語られる。

その白洲を、宙人が顔を上げて見つめた。

何故白洲が子どもの自己決定権について考えたくないのか、宙人だけは知っているように、三人には見えた。

「魔美ちゃんが傷つくの、俺もすごくやだ」

唇を噛みしめて、宙人が首を振る。

「……だが、さっき白洲が言ったように、この考えは確かに最近一般的になったものだ。当時は実際に少女が性的な歌を歌ったりしていた時代だったな」

「そうですね。自分は今の子役の在り方の進化に安堵《あんど》しています。睡眠や教育の機会も奪われるのが当たり前の時代でした」

「これが描かれた頃、というのをよく鑑《かんが》みないといけませんね。素晴らしい作品であることには、変わりないですよ」

いとけないようでいて、宙人が誰かを守ることと大切に思ってきた作品の問題点を同一視したのがわかって、三人は暗に分けて考えることを求めた。

「子どもの頃から、ホントに何度も何度も読んでた」

「おまえの読書体験には感心したよ、実際これを読んで。しょげるな」

その読書体験を否定することではないと、大吾が告げる。

「ずっと一人で読み返してたから、魔美ちゃんのジコケッテイケン考えなかった。きっとこのまま、ずっと考えなかったと思う。誰かと読むの大事だ。そっか、中学生の魔美ちゃんにはまだその未来は見えていないんだね」

「僕は、彼女には間違いなく健やかな未来が訪れると信じてるけど」

慰めなのか、それとも本心なのか、きっと両方なのだろう言葉を白洲はテーブルに落とした。

「読み継がれるべき作品だとは疑ってないぞ。俺は」

「素晴らしい作品ですよ」

「だからこそ語ることが尽きないんです」

こちらは本心だと、大吾と正祐と篠田が告げる。

「ヨコスジフエダイのカルパッチョと、塩焼きです」

ふと落ち着いたテーブルに、黒いワンピースの女性が白い大皿を二つ置いた。

「きれい……！」

宙人だけでなく、全員のテンションが俄《にわ》かに上がる。

薄く捌かれた生身はどうやら白いごま油と香味野菜でカルパッチョにされて、半身はきれいな焼き目で焼かれてちゃんと五つに切り分けられていた。

「兜は煮つけです」

酒のつまみに丁度よさそうな煮つけが、小皿で追加される。

「紹興酒だな。ボトルで」

「俺生ビール！」

紹興酒は大人で呑めない宙人は、けれど大人は子どもを守るべき存在だともう知っていた。

「本当に美しいね」

白洲が呟くと同時に、全員がしばし無言でヨコスジフエダイを味わう。

「新しい社会通念を与えられた……いや、手に入れたのかな。その現代に、僕は感謝してるよ。間違いなく」

一息ついて、議論から降りたはずの白洲が言った。

隣で宙人が、子どもへの不安の意味を噛みしめている。

「名作だから、社会通念の変化を教えてくれたんだ。これほどの傑作じゃなければ、少女が全裸であるという問題点が気になって俺は先に進めない」

だからこそ考えると、大吾は重ねた。

「聡明な方のようだから、ご自身でそのことに気づいたのかもしれないね」

「どうしてそう思うの？」

「君が好きな『ドラえもん』に比べて、随分短く終わってる」

「打ち切られた可能性も否めないですよ。最終回はきちんと閉じていましたが、いくらでも続けられる可能性が残っていました」

白洲の意見に、篠田は「気になって少し検索しました」と添える。

「俺たちは出版の人間だ。当時を知っている人物がまだ存命だろうから、誰かに訊いてみることもできるが……」

「つまらないよ」

「つまらないです」

「つまらないですね」

「つまんない」

気が乗らないことを言いかけた大吾に、四人の同じ言葉が重なった。

「俺も同感だ。芥川《あくたがわ》や太宰《だざい》や、鷗外《おうがい》がここにいても訊きたいことは一つもない。漱石や賢治にもだ」

「本当のことは言わないだろうしね」

大吾に同感だと、白洲が肩を竦める。

「じゃあどうしてこうやって集まって語る会するの?」

「楽しいからだ」

素朴な疑問を投げた宙人には、あっさりと大吾が返した。

「ずっと一人で読んでいたらきっと気づかなかったと、さっき伊集院先生はおっしゃいましたね」

ふと、別の話を始めるように、正祐が箸を置く。

「うん。みんなが読んでくれてよかったし、これからも魔美ちゃんは大好きだけど心配もちゃんとする」

みんなで読めて話せてよかったと、宙人は朗らかだ。

「私も、ほんの三年前まで同じでした。ずっと一人で、本を読んでいました。読書はそれで十分私を幸せにしてくれました。一人で入っていけてこその本だと、今でもそれは疑っていません」

そこは並行の道だと、一人で読んでいた頃を正祐が思う。

長く、本だけを友に正祐は生きてきた。三年前の春に大吾に出会って、本について人と語らう時間が増えた。

それも幸せだし、けれど一人で読んでいた時間も、また自分だと正祐はふと、思った。

「本は、灯りで」

同じように思ったのか、また違う道にいるのか、白洲が呟く。

「誰かの違う考えも、また灯りだね」

両方ともが灯りだと、白洲は静かに笑った。

「どの灯りも、等しく足元を照らしてくれる気がしますよ。自分は」

そこに差異はないと、篠田が頷く。

「一人一人が、選び取る灯りだな。語りたくないことは、語らなくてもいい」

もし大切にしてきた読書体験を傷つけたのなら悪かったとらしくなく気にして、大吾が宙人を見た。

「俺、楽しいよ。今日。それに大事だった」

「そうだね」

健やかな宙人に、白洲が頷く。

「アカハタの清蒸です」

楽しさにとどめをくれるように、白い楕円の大皿が真ん中に置かれた。

金目のような朱赤を残したアカハタが横たわり、よくこんなに細やかに刻めるとため息をつかせる白い葱と生姜がたっぷりとのっている。皿には濃い目のタレが揺蕩《たゆた》って、三つ葉が添えられていた。

「よかったらおとりわけいたしますが」

黒いワンピースの女性に言われて、目で全景を存分に堪能した五人が頷く。

スプーンとフォークを使って、随分と静かに彼女は魚を均等にほぐしていってくれた。

それぞれの前に置かれた小皿に、それぞれの仕草で箸をつける。

「おーいしい！」

しばし無言で味わっている中、真っ先に声を上げたのは素直な宙人だ。

「最後に熱した油をかける理由がわかる、香ばしさだね」

自分でも作ってみることを、どうやら白洲は考えている。

「魚の旨味がくまなく味わえるな」

「本当に」

「蒸すとこんなにふっくらするもんなんですねえ」

大吾と正祐と篠田も、存分に清蒸を味わった。

「書いてみたくなる味だな」

ぽつりと大吾が言うのに聴こえないふりをして、正祐が何か情人を頼もしく思う。

もし大吾が目の前の皿を書く日があるなら、この日を知らないで読んでみたかった気もした。

だがもう大吾とともにあって、多くのことを共有して、一緒に記憶して生きている今は続いていく道だ。

戻れないし、戻らない。

「私も、自分で選び取ったようです」

右隣にいる大吾に、小さく正祐は告げた。

何をとは尋ねず、「そうか」と大吾が笑う。

一人一人それぞれの灯りが、別々なのに混ざりあうようにして、穏やかに足元を照らしていた。

あとがき

AFTERWORD …………………… ―菅野 彰―

新年最初の色悪作家と校正者です。今年もよろしくお願いします。

大吾《だいご》と正祐《まさすけ》と、苦労人の篠田《しのだ》さんと、百田《ももた》さんと、それから、です。

あとがきというものは、原稿中には「あ、このこと書いておこ」と思ったり思わなかったりするのだけれど、いざとなると「はて」となる。

そのくらい自分から距離のある物語や人物になっているのは、よいことのような気がします。

けれど注釈としては前書きをつけたいところですが、「初戀」「秘密」「色悪作家と校正者のドリアン・グレイの庭から」は、スピンオフの文庫「ドリアン・グレイの激しすぎる憂鬱」「ドリアン・グレイの禁じられた遊び」と時間的に並走しています。伊集院宙人《いじゅういんそらと》と、白洲絵一《しらすえいち》と、もう一人の物語です。

なので、

「風と共に去りぬだな」

と外野の大吾と正祐と篠田はおとなしくしているわけです。この本の中にはないエピソードも、「ドリアン・グレイ」の方にはあって、「その話題この本の中に書いてなかったが?」となる部分もあるかと思います。申し訳ない！　きっとなくても進めるかなと願いつつ、そしてその辺は気になったらよかったらスピン・オフも捲《めく》ってやってくださいと願いつつです。

このシリーズの登場人物たちは、同じ速度で、一緒に歩いて成長してきた人物たちかもしれないと、なんだか今回は感じました。

百田さんのこと。おでんや、片口のこと。

大吾と正祐の年頃だと、目の前でそれを見ているのは私が思うよりずっと辛《つら》い気がして、追体験となりました。

でも、百田さんが見つけた、できなくなったことを助けてくれる具体的な何かがあったりすることを、二人が覚えていてくれたらいいなとそこは遠くから願っています。

「初戀」では、彼らの時間は2019年に突入しております。

なるべく我々と同じ時間と空間を辿っていきたくて、齟齬《そご》は多々あるものの照らし合わせながら進めています。

そうすると来年は、彼らの上にも禍が訪れる。

去年や一昨年は物語がそこに入っていくことは考えられなかったけれど、それぞれがどんな風に禍を過ごすか少し考えられるようになりました。

スピンオフのスピンオフ、「太陽はいっぱいなんかじゃない」（雑誌・『小説ディアプラス』収録）の方では2021年を少しだけ書いています。

一番考えちゃうのは百田さんと鳥八《とりはち》のことだなあとずっと思っていたけれど、想像させてしまって今読んでくださっているあなたを悲しくさせたくないなと、そこだけは明記させてください。

大吾や正祐より長く生きて、様々なことを経験して生きてきた百田さんは、一番狼狽《うろた》えずに粛々《しゅくしゅく》と過ごします。行政の指示を待ってできる手続きをして、そうして鳥八は続けていきます。

と、私が考えられるようになったのは最近です。百田さんは私よりも年上のずっと冷静な知恵者なので、「百田さんがどうするか」をちゃんと考えるのに私が時間がかかった次第。正直に言うと、百田さんと近しい行動を教えてくれた飲食店が、たくさんありました。

一時期は、

「鳥八はきっと閉めることになるから、2020年の時間軸に入る前にこのシリーズを終えたい」

なんて消極的逃避の考えにまでいってしまっていました。

大丈夫。私が逃避しようとしても、百田さんは逃げない。

そんな渦中にある実際の中華屋さんを、今回も書きました。小さなお店なので店名は伏せますが、西荻窪の小さな中華屋さんです。清蒸《チンジョン》がめちゃくちゃ食べたくなってしまい、二度自分で作りました。きっと検索で出てくるから、お近くの方は行ってみてください。

校正者四人が呑みにいった吉祥寺《きちじょうじ》の居酒屋も、吉祥寺に実在します。鹿児島、焼酎、酒盗のカルボナーラできっとたどり着ける。ここの酒盗のカルボナーラは絶品です。

架空の鳥八も、実在の二軒も、がんばってくれています。ただただありがたい。

「エスパー魔美」に、触れておかねば。

宙人なみに「エスパー魔美」を愛する私です。子どもの頃から繰り返し読んできた。

なので、大吾にも正祐にも篠田さんにも、白洲絵一にも読んでほしかった。

誰かと一緒に同じ本を読むのも、いいなと思ったり、思わなかったり、そんな気持ちで書きました。「エスパー魔美」大好き。ずっと大好きだ。

中華に心揺れる担当の石川さん。大変な中ありがとうございます。中華いきましょう！

そしていつも物語と登場人物を新しい場所に連れていってくださる、麻々原絵里依先生。また新しい世界が彼らに開けるのを楽しみにしています。感謝です。

大吾や正祐、篠田さん、宙人、白洲、そして百田さんと歩いてくださる皆様に、心からの感謝を。

また次の本で、お会いできたら幸いです。

猫とこたつで雪がしんしん／菅野彰

この本を読んでのご意見、ご感想などをお寄せください。
菅野 彰先生・麻々原絵里依先生へのはげましのおたよりもお待ちしております。

〒113-0024　東京都文京区西片2-19-18　新書館
[編集部へのご意見・ご感想] 小説ディアプラス編集部「色悪作家と校正者の初戀」係
[先生方へのおたより] 小説ディアプラス編集部気付　○○先生

- 初出 -
色悪作家と校正者の初戀：小説ディアプラス2022年フユ号（Vol.84）
色悪作家と校正者の秘密：書き下ろし
色悪作家と校正者のドリアン・グレイの庭から：書き下ろし

[いろあくさっかとこうせいしゃのはつこい]
色悪作家と校正者の初戀

著者：**菅野 彰** すがの・あきら

初版発行：2023年2月25日

発行所：株式会社 新書館
[編集] 〒113-0024
東京都文京区西片2-19-18　電話（03）3811-2631
[営業] 〒174-0043
東京都板橋区坂下1-22-14　電話（03）5970-3840
[URL] https://www.shinshokan.co.jp/

印刷・製本：株式会社 光邦

ISBN978-4-403-52567-4 ©Akira SUGANO 2023 Printed in Japan